DER DARLINGTON-VORFALL

RENEE ROSE

Übersetzt von
STEPHANIE WALTERS

RENEE ROSE ROMANCE

❀ Formatiert mit Vellum

RENEE ROSE: HOLEN SIE SICH IHR KOSTENLOSES BUCH!

Tragen Sie sich in meine E-Mail Liste ein, um als erstes von Neuerscheinungen, kostenlosen Büchern, Sonderpreisen und anderen Zugaben zu erfahren.

https://www.subscribepage.com/mafiadaddy_de

Wussten Sie schon, dass Sie direkt bei Renee Rose bestellen können? Sichern Sie sich signierte Bücher, Sonderausgaben und stark reduzierte Pakete. Nutzen Sie diesen Coupon für zusätzliche 10 % Rabatt auf Ihre gesamte Bestellung – READER10

Oder klicken Sie hier – https://shop.reneeroseromance.com/discount/READER10

Vielen Dank an Sue Aubrey, die als Beta-Leserin ihr historisches Wissen eingebracht hat, und an Katherine Deane und Celeste Jones, die es nie ablehnen, meine Bücher zu lesen und wertvolle Rückmeldungen zu geben.

ERSTES KAPITEL

Stanbrook, England – Landsitz von Lord und Lady Westerfield
1836

„Erlauben Sie mir, noch einmal zu wiederholen, wie ich Ihre Ausführungen verstanden habe", sagte Lord Westerfield und stützte sich mit den Unterarmen auf der Mahagonitischplatte ab. Er fixierte Andrews mit einem finsteren Blick. „Sie glauben also, dass einer meiner Gäste während unserer ,Iden des März'-Gesellschaft einem anderen Gast geheime Regierungspläne verkaufen will?"

„Das ist korrekt, Mylord."

„Und Sie erwarten, dass ich Sie auf meine Gästeliste setze, Sie als einen Freund und als Lord vorstelle, und Ihnen freie Bahn lasse, um diesen Vorgang zu unterbinden?"

„Genau, Mylord."

„Nein, Mr. Andrews. Auf gar keinen Fall. Eher sage ich die Gesellschaft ab."

„Mylord, ich verstehe Ihre Sorge. Wenn sie die Gäste

jedoch nach Hause schicken, verlieren wir die einzige Spur, die wir in diesem Fall haben. Die Übergabe wird an einem anderen Ort stattfinden, und die Geheimnisse unseres Landes werden in Feindeshand landen. Als Mitglied des Adelsstands sind Sie dazu verpflichtet, mich in meinen Bemühungen zu unterstützen, die britischen Bürger vor diesem Landesverrat zu beschützen."

„Erzählen Sie mir nicht, was meine Verpflichtungen sind", blaffte der breitschultrige Mann und starrte sein Gegenüber finster an. „Meine größte Verpflichtung ist es, für die Sicherheit meiner schwangeren Frau und meiner fünfzig Gäste zu sorgen. Ich werde nicht zulassen, dass sie durch das Katz-und-Maus-Spiel irgendeines Meisterspions in Gefahr kommen."

„Meine Anwesenheit auf der Gesellschaft wird ihre Sicherheit lediglich erhöhen, Mylord."

„Ich wäre besser beraten, die Veranstaltung abzusagen."

Andrews seufzte und rieb sich die Stirn. Er wollte diesem mächtigen Mann versichern, dass er die Sicherheit seiner Frau und seiner Gäste garantieren konnte, doch in Wirklichkeit wusste er nur sehr wenig über diese Zielperson. Er kannte nicht einmal das Geschlecht des Verräters.

„Mylord … ich verstehe, dass Ihre oberste Sorge Ihrer Frau und Ihren Gästen gilt. Ich kann nicht leugnen, dass eine Absage der Gesellschaft die sicherste Methode wäre, um jegliche Gefahr zu verhindern. Doch Ihre Veranstaltung ist der einzige Anhaltspunkt, den ich habe. Wenn ich diese Gelegenheit nicht nutze, kann ich nichts weiter dagegen unternehmen, dass wichtige Kriegspläne in die falschen Hände geraten."

Lord Westerfield blickte ihn stirnrunzelnd an, doch Andrews konnte sein Schwanken spüren. Er hielt die Luft an.

„Einverstanden", sagte Westerfield schließlich. „Entgegen meines besseren Urteils werde ich zulassen, dass die Veranstaltung stattfindet. Ich werde Ihnen freie Bahn in der Ausführung Ihrer Angelegenheiten lassen. Können Sie zusätzliche Männer kommen lassen, um meine Gäste zu beschützen?"

Andrews stieß den Atem aus. „Ja, Mylord. Sowohl mein Kutscher als auch der Mann, der die Rolle meines Butlers spielt, sind ausgebildete Billing-Street-Spione."

Westerfield nickte. „Gibt es etwas oder jemanden Bestimmtes, nach dem meine Bediensteten die Augen offenhalten können?"

„Tatsächlich würde ich es vorziehen, wenn Sie gar nichts sagen, Mylord. Wir besitzen nur sehr wenige Informationen über Verkäufer und Käufer, und je weniger Leute über den wahren Grund meiner Anwesenheit hier Bescheid wissen, umso besser."

„Ich möchte nicht, dass Unschuldige zu Schaden kommen."

„Das möchte ich auch nicht, Mylord. Ich versichere Ihnen, dass ich in all meinen Aktivitäten äußerste Vorsicht walten lassen werde, solang ich hier bin."

„Und wie soll ich Sie meinen Gästen vorstellen?"

„Als Lord Darlington, Earl of Stenwick, Mylord."

Skeptisch zog Westerfield eine Augenbraue hoch. „Gibt es einen solchen Earl?"

„Ja, Mylord."

„Und das sind Sie?"

„Nein, Mylord. Doch er hat sich schon so lange nicht mehr in der Gesellschaft gezeigt, dass ihn niemand mehr kennt."

„Und woher sollen wir beide uns kennen?"

„Ich bin ein Unterstützer ihrer Kampagne gegen Tierquälerei. Ihre Gesellschaft wird unser erstes persönliches Treffen sein, allerdings hatten wir bereits Briefkontakt."

Es klopfte leise an der Tür, dann wurde sie aufgedrückt

und eine reizende, schwangere Dame betrat das Zimmer. „Oh! Verzeih, Mylord. Ich wusste nicht, dass du Besuch hast."

„Komm rein, Darling", sagte Westerfield, und sein ganzes Auftreten veränderte sich, als seine Augen mit einem zärtlichen Blick auf der Dame landeten, die seine Frau sein musste.

Die beiden Männer hatten sich erhoben, als sie eingetreten war, und Westerfield stellte Andrews vor. „Darling, darf ich dir Lord Darlington vorstellen, Earl of Stenwick? Er ist ein Unterstützer der Königlichen Gesellschaft zur Vermeidung von Tierquälerei. Darlington, das ist meine Frau, Lady Westerfield."

Andrews verbeugte sich, ohne seine Augen zu ihrem runden Bauch sinken zu lassen, was ein ausgesprochener Affront gewesen wäre.

„Es ist mir eine Freude, Ihre Bekanntschaft zu machen", erklärte Lady Westerfield, und ihr Lächeln ließ das ganze Zimmer erstrahlen. „Ich hoffe, Sie bleiben noch für die ‚Iden des März'?"

„Ja. Lord Westerfield war so freundlich, mich einzuladen. Ich bin Ihnen beiden sehr für Ihre Gastfreundschaft dankbar."

„Nicht der Rede wert. Hat man Ihnen schon ein Zimmer gezeigt?"

„Ich sage Mrs. Burling Bescheid, Darling", sagte Westerfield und kam hinter seinem Schreibtisch hervor.

Seine Frau winkte seinen Vorschlag ab. „Nein, nein, ich kümmere mich schon darum. Ich war ohnehin gerade auf dem Weg, um mit ihr das Menü zu besprechen." Noch einmal wandte sie sich an Andrews. „Ich schicke jemanden, der Sie auf Ihr Zimmer bringt, und lasse auch einen Platz für Sie am Dinnertisch eindecken."

„Vielen Dank, Mylady", erwiderte Andrews und machte einen weiteren Bückling.

Als er sich wieder zu Westerfield umdrehte, hatte sich der Ausdruck des Lords verhärtet.

„Ich verstehe", sagte er, als er die Gedanken seines widerwilligen Gastgebers las. „Ich werde alles in meiner Macht Stehende tun, um jede zusätzliche Aufregung für sie zu verhindern."

Westerfield presste die Lippen zusammen. „Ich hätte Ihr niemals erlauben dürfen, in ihrem Zustand eine derart große Gesellschaft auszurichten. Aber sie liebt es einfach, die Gastgeberin zu spielen", erklärte er und sah dabei aus, als ob er seiner Frau in der Tat nur selten einen Wunsch ausschlagen könnte. Als er seinen Gast anblickte, verfinsterte sich sein Blick weiter. „Nur, damit wir uns nicht missverstehen – sollte irgendetwas vorfallen, das mich zu der Annahme verleitet, meine Frau oder meine Gäste könnten Schaden nehmen, werde ich Sie auf der Stelle hinauswerfen."

„Ich erwarte nichts anderes, Mylord", erwiderte Andrews.

Ein Butler holte ihn ab, führte ihn die Treppe hinauf und in sein Zimmer, und informierte ihn, dass sein eigener Butler und sein Kutscher im Dienstbotenquartier untergebracht worden seien.

„Wenn es Ihnen nichts ausmacht, könnten Sie sie bitte zu mir schicken?", bat Andrews, auch wenn er wusste, dass seine Männer ihren Auftrag bereits kannten. Sie würden eine Liste aller Personen erstellen, die das Westerfield-Anwesen betraten oder verließen, und so viel wie möglich über deren Hintergründe und Verhalten in Erfahrung bringen.

Kurz darauf betraten Smith und Jenners sein Zimmer. Smith, der vermeintliche Kutscher, informierte ihn über den Grundriss des Anwesens – wie viele Zimmer es gab, wie viele mögliche Ein- und Ausgänge, und wie sich der Zugang zur Straße gestaltete. Jenners berichtete ihm, welche Gäste anhand der Dienstboten im Erdgeschoss bereits eingetroffen waren.

„Jenners, du durchsuchst während des Diners die Zimmer aller Bediensteten", wies Andrews ihn an. „Und Smith, du schiebst Wache."

„Das nächste Mal gebe ich den Lord", grummelte Jenners.

Er grinste. „Du kannst dich glücklich schätzen, dass ich nicht auch noch erwarte, dass du mir die Schuhe polierst", lachte er. „Und du kannst den Lord geben, sobald du die Rolle spielen kannst, ohne bereits beim zweiten Satz in deinen Cockney-Dialekt zu verfallen."

„Ich hab' keinen Cockney-Dialekt!", protestierte Jenners, und Smith gluckste leise.

„Nun, einen Iren oder Schotten könnte ich dafür tausendmal besser spielen als du", bestand Jenners.

„Das stimmt", beschwichtigte Andrews. „In Ordnung. Ihr habt eure Befehle. Ich werde versuchen, mich während des Abendessens oder kurz danach rauszuschleichen und die Zimmer im oberen Stockwerk zu durchsuchen."

Der Plan war beschlossen, und Andrews ging nach unten, um sich den anderen Gästen vorzustellen.

Als er den Salon betrat, ließ er seinen Blick durch das Zimmer schweifen und prägte sich jedes Gesicht so gut ein, wie er nur vermochte. Die meisten Gäste waren in angeregte Unterhaltungen vertieft, die von der reizenden Gastgeberin angestoßen wurden. Er bemerkte eine junge Dame, die sich scheinbar im Hintergrund zu halten schien und die Menschenmenge ebenso aufmerksam beobachtete wie er. Als sich ihre Blicke trafen, erstarrte sie, öffnete ihre Lippen einen Spaltbreit und eine leichte Röte legte sich über ihre Wangen.

Er bemerkte augenblicklich den Grund, weshalb sie sich von den anderen Damen unterschied. Ein großes Muttermal erstreckte sich quer über ihr Auge, und die Haut dort war rot marmoriert. Er konnte sich gut vorstellen, dass sie daran gewöhnt war, das Mauerblümchen zu spielen, auch wenn bis auf das Muttermal alles andere an ihr perfekt schien. Tatsächlich unterstrich ihr Muttermal lediglich das Blau ihrer Augen, die unter langen Wimpern hervorschauten und einen attraktiven Kontrast zu den dichten, dunklen Haaren bildeten, die in langen Locken über ihre Schultern fielen. Ihre Figur war reizend und ihre schmale Taille bildete das perfekte Pendant für ihr schulterfreies Ballkleid, ganz gemäß der neusten Mode. Ihre vollen Brüste fielen ihr beinahe aus dem Dekolleté.

Seine Ascotkrawatte fühlte sich plötzlich zu eng an, als eine Woge der Lust seinen Körper erhitzte. Er schüttelte innerlich den Kopf. *Arbeit, nicht Vergnügen.*

Sie erholte sich von ihrem kurzen Blickkontakt und schlug die Augen nieder. Im nächsten Moment jedoch flog ihr Blick von links nach rechts, als ob sie händeringend nach jemanden suchen würde, mit dem sie sich unterhalten konnte. Ihre Nervosität schien echt, allerdings war ihr Mauerblümchengehabe eine perfekte Finte, um alle Aufmerksamkeit von sich abzulenken.

Lady Westerfield begann nun, die Gäste in den Speisesaal zu bitten, und zu Andrews' großer Freude befand sich sein Platz neben der jungen Dame, die ihm von Lady Westerfield als Miss Elizabeth Hunt vorgestellt wurde.

„Freut mich, Ihre Bekanntschaft zu machen", murmelte die junge Dame, schaffte es jedoch nicht, die Augen bis hinauf zu seinem Gesicht zu heben.

„Das Vergnügen ist ganz meinerseits", erwiderte er und verstummte, bis sie den Blick schließlich hob. Etwas an ihr rief den Wunsch in ihm empor, sie zu einer Unterhaltung zu verleiten und ihre Angst davor, mit der Gesellschaft zu interagieren, zu vertreiben. Als ihre blauen Augen seinen Blick erwiderten, waren sie groß. Vielleicht hatte sein prüfender Blick sie erschrocken.

————

FÜR EINEN MOMENT verschlug es ihr den Atem. „Mylord, ich habe Sie noch nie zuvor in London gesehen", schaffte sie, zu dem imposanten Mann neben sich zu sagen. Die meisten Menschen wichen ihrem Blick aus – eine natürliche Reaktion auf ihre unvollkommene Erscheinung. Doch dieser Mann blickte unverwandt in ihr Gesicht. Und nicht etwa mit einem fixierten Starren, das angestrengt ihr Muttermal mied. Nein, Lord Darlington musterte sie völlig unbefangen und ließ seinen Blick ohne das geringste Anzeichen von Ekel über ihr Muttermal wandern.

Er zog ihren Stuhl heraus und schob ihn anschließend an den Tisch, dann nahm er neben ihr Platz. „Nein, in der Tat. Ich war die letzten Jahre außer Landes auf Reisen."

Etwas an seinen Worten klang unaufrichtig, also fragte sie nicht weiter nach. Sie war froh, sich nicht länger unterhalten zu müssen.

Lady Westerfield jedoch entging nichts. Sie zwitscherte von der anderen Seite des langen Tisches herüber: „Lord Darlington, Miss Hunt ist ebenfalls gerade erst von einer Reise zurückgekehrt." Da sie die Gastgeberin war und alle Aufmerksamkeit auf sich zog, flogen bei dieser Bemerkung die Köpfe sämtlicher Gäste zu Lord Darlington und ihr herum, um der Geschichte zu lauschen.

Sie hatte sich in sozialen Situationen noch nie wohlgefühlt, und dieses geballte Interesse überforderte sie. Ihr Gesicht und ihr Hals wurden warm, und je mehr sie versuchte, ruhig zu atmen, umso weniger schien sie dazu in der Lage zu sein. Diese erwartungsvolle Stille wollte einfach kein Ende nehmen. Jeder wartete darauf, dass sie etwas sagte, doch sie konnte weder atmen noch sprechen.

„Ausatmen", murmelte Lord Darlington neben ihr.

Als ob er die Kontrolle über ihre Organe hätte, stieß flach

den Atem aus. Ihr war nicht bewusst gewesen, dass sie deshalb nicht mehr einatmen konnte, weil ihre Lungen bereits voll gewesen waren. „Ja", erklärte sie mit zitternder Stimme. „Ich bin gerade aus Frankreich zurückgekehrt."

Wie aufs Kommando wandten sich alle Blicke gesammelt von ihr ab. Niemanden interessierte eine Reise ins Nachbarland. Niemanden, bis auf Lord Darlington, von dem sie eine Art mitfühlende Kameradschaft zu empfinden schien. „Ach ja? Was haben Sie dort gemacht?"

Sie schloss ein wenig zu lang die Augen. Sie wünschte, sie könnte sich einfach in Luft auflösen. Das hier war diese Sorte von Veranstaltungen, auf denen sie sich einfach nicht zurechtfand.

Doch zu ihrer großen Überraschung sprach Lord Darlington in einem Tonfall mit ihr, den nur sie hören konnte. „Ist Ihr Korsett zu eng, Miss Hunt?"

Um ein Haar lachte sie auf. Was für eine vollkommen unerhörte Frage, und doch wusste sie diese intime Unterhaltung – mit wem auch immer – mehr zu schätzen als geistloses Geschwätz. „Nein, ich bin in sozialen Situationen einfach nur sehr befangen", gestand sie und wagte es, seinen Blick zu erwidern. Es wirkte wie eine Herausforderung, ihr in diesem Punkt zu widersprechen.

Seine Lippen verzogen sich in ein amüsiertes Lächeln. „Sie sind sehr charmant", erklärte er bestimmt, als ob er die endgültige Entscheidungsgewalt in dieser Sache besäße. Trotz seiner imposanten Gegenwart besaß er ein jugendliches Gesicht mit einem kantigen Kiefer und dunklen Koteletten in der Farbe seiner Haare.

Wieder ließen seine Worte ihr Gesicht und ihren Hals heiß werden, doch diesmal auf eine deutlich angenehmere Art und Weise.

„Woher kennen Sie die Westerfields?", fragte er.

Sie zuckte kaum merklich mit den Schultern. „Durch die Saison in London, schätze ich."

„Sind Sie allein hier?"

„Ja. Nun, ich habe mein Dienstmädchen dabei", erklärte sie, verstummte jedoch abrupt, als ihr bewusst wurde, dass ihm ihr Dienstmädchen sicherlich herzlich egal war.

Und doch wandte er den Blick noch immer nicht von ihr ab, während er an seinem Wein nippte und ihr kurz zunickte, um sie darauf aufmerksam zu machen, dass ihr ein Diener gerade einen Teller Essen servieren wollte. Wieder empfand sie diese Kameradschaft mit ihm, als ob sie ein eingespieltes Paar wären, das aufeinander aufpasste.

Als Einzelkind und dann auch noch mit einem hässlichen Gesicht, hatte sie nie diesen entspannten Umgang mit anderen gepflegt, den sie bei ihren Mitmenschen beobachtete. Sie hatte nie eine beste Freundin gehabt, mit der sie kichern konnte, noch hatte ihr je ein Mann den Hof gemacht. Ihre Eltern waren ihre engsten Vertrauten, auch wenn sie sie oft mit ihren Vorstellungen darüber, wer sie war oder wer sie sein sollte, frustrierten. Ihr Vater ignorierte ihr Muttermal und tat so, als ob es nicht der Rede wert wäre. Ihre Mutter gab ihr Bestes, um ihr zu helfen, und bot ihr Mitgefühl oder Ratschläge an, wie sie die Wirkung des Mals auf andere Menschen verringern könnte. Sie könne doch einfach ihr Gesicht abwenden oder es mit einem Fächer bedecken! Nichts von alldem half. Vier Saisons in London, aus denen sie nichts als eine Handvoll Mitleidstänzen vorzuweisen hatte. Sogar das Vermögen ihres Vaters reichte nicht aus, um einen Ehemann anzulocken.

„Wie gut kennen Sie die anderen Gäste?", fragte er und ließ seinen Blick den Tisch hinunterwandern. Die Frage klang nicht so beiläufig, wie beabsichtigt, sondern vielmehr so, als ob er wirklich etwas über die Tischgesellschaft herausfinden wollte.

Ihr fiel ein, wie er jede Person gründlich gemustert hatte, die Lady Westerfield vorgestellt hatte, ganz so, als ob er sich jedes Gesicht einprägen würde. Wer war dieser Lord Darlington, der wie aus dem Nichts aufgetaucht war? Was waren seine Absichten?

„Ich vermute, ich dürfte über jeden hier das ein oder andere Detail wissen", gestand sie. Sie war gewillt, ihm bei seinem Vorhaben zu helfen – was auch immer es sein mochte. „Was wollen Sie wissen?"

Er schenkte ihr ein schiefes Lächeln und wärmte sie mit seinem anerkennenden Blick, der ihr irgendwie das Gefühl vermittelte, Teil einer Verschwörung zu sein. „Die Details", erwiderte er und wackelte mit den Augenbrauen.

Sie atmete tief durch. „In Ordnung", sagte sie, ließ ihren Blick den Tisch hinunterwandern und sprach mit leiser Stimme weiter. „Die Westerfields sind Ihnen bekannt, vermute ich?"

Er nickte.

„Neben Lord Westerfield sitzt Lord Auburn. Auf gewisse Weise ein Flegel – spielt immerzu den gelangweilten Aristokraten, allerdings habe ich gehört, dass er den Großteil seines Vermögens bereits verschleudert hat. Ein Gast, wie er im Buche steht: unterhaltsam und gesellig. Vermutlich hat ihn Lady Westerfield deshalb eingeladen. Entweder das oder sie spielt die Kupplerin für die alleinstehenden Damen."

„Wie Sie?"

Sie stieß ein abschätziges Schnauben aus, gestand jedoch ein: „Ja, ich fürchte, sie hofft, auch einen Ehemann für mich zu finden."

„Irgendwelche Favoriten?", fragte er heiter.

„Müsste ich das Ihnen gestehen, wenn es so wäre?", schoss sie zurück.

Er grinste. „Warum nicht?"

Sie verdrehte die Augen und wandte den Blick ab.

Er gluckste. „Bitte entschuldigen Sie. Erzählen Sie mir mehr über die Gäste."

„Gut", sagte sie. „Neben Lord Auburn sitzen Lord und Lady Winters und ihre Töchter Miss Susan Winters und Miss Jane Winters. Sie hoffen definitiv, hier potenzielle Ehemänner kennenzulernen."

„Und weiter?", fragte er. Sie spürte, dass er die Winters schon wieder vergessen hatte, und fragte sich erneut, an was für Informationen er interessiert war.

„Mr. und Mrs. Wynette. Ihm gehört das Grand Hotel in London." So fuhr sie mit ihren kurzen Zusammenfassungen über jeden der Gäste fort, und nach und nach entwickelte sich eine entspannte Unterhaltung mit Lord Darlington. Sie bemerkte, dass er insbesondere an Gästen interessiert war, die allein angereist waren, verstand jedoch nicht, warum.

Nach dem Essen war es Zeit für Gesellschaftsspiele, und Lady Westerfield bat die Gäste in den Salon. Elizabeth seufzte schwer, denn ihr graute vor einer weiteren geselligen Runde, vor allem in einer Situation, die nur eine fadenscheinige Entschuldigung für allerhand Unanständigkeiten war.

„Ich denke, ich werde mich auf mein Zimmer zurückziehen", bemerkte Darlington in einem Tonfall, als ob er ihr eine Darlegung seiner Pläne schuldig wäre.

Sie nickte stumm. Vielleicht könnte sie sich in die Bibliothek davonstehlen und diese ganze Folter umgehen. Da Darlington seine Pläne mit ihr geteilt hatte, sagte sie also: „Ich frage mich, ob es irgendwer bemerken würde, wenn ich stattdessen in die Bibliothek gehe?"

Er bot ihr seinen Ellbogen an. „Ich werde Sie dorthin begleiten."

———

SEINE ERMUNTERUNG, nicht an den Gesellschaftsspielen teilzunehmen, schien Miss Hunt aufzuheitern. „Vielen Dank, Mylord", sagte sie und ergriff seinen Arm. Gemeinsam schlenderten sie bis zur Bibliothekstür, wo er die Gelegenheit ergriff, in den oberen Stock weiterzugehen und die Gästezimmer zu durchsuchen.

Mit einer Haarnadel knackte er das Schloss des ersten Zimmers, schlich hinein und drückte die Tür hinter sich ins Schloss. Er sah unter dem Bett, der Matratze und dem Kissen nach, dann durchsuchte er den Kleiderschrank. Er war sich nicht sicher, wessen Zimmer es war, doch das machte seine Suche umso vorbehaltloser. Miss Hunts Beschreibungen nach zu urteilen, passten mehrere Gäste in das Profil – diejenigen, die allein angereist waren, diejenigen, die in der Gesellschaft weniger bekannt waren oder diejenigen, die in Geldnot zu sein schienen. Auch Miss Hunt selbst war auf seiner Liste gelandet. Sie war allein angereist und schien nur wenige soziale Kontakte zu haben. Ihre Befangenheit könnte nur vorgespielt sein, denn als er sich persönlich mit ihr unterhalten hatte, hatte sie wenig schüchtern gewirkt.

Doch auch wenn sie eine der Hauptverdächtigen war, hielt ihn das nicht davon ab, sie zu bewundern. Ihre melodische Stimme klang noch immer in seinen Ohren nach, während er Ärmel und Taschen der Sachen im Kleiderschrank abtastete, und das Strahlen ihrer blauen Augen rief den Wunsch in ihm empor, mehr Zeit mit ihr zu verbringen.

Der Schrankinhalt ließ vermuten, dass er sich im Zimmer eines allein angereisten Herren befand. Als er seine Durchsuchung des Kleiderschranks beendet hatte, kontrollierte er den Fußboden auf lose Dielen und die Wände nach doppelten Paneelen, hinter denen die Pläne versteckt sein könnten.

Die Nachricht, die der Laufbursche abgefangen hatte, war kurz und knapp gewesen:

· · ·

ICH WARTE um Mitternacht am Tor zum Westerfield-Anwesen auf Sie, am Tag des „Iden des März"-Balles. Bringen Sie im Tausch für die Pläne fünfundzwanzigtausend Pfund in Scheinen mit.

WEITERE INFORMATIONEN HATTEN SIE NICHT. Andrews wusste weder, welche Pläne der Verräter verkaufen wollte, noch an wen. Natürlich wären Gäste aus anderen Ländern besonders verdächtig, doch auf dieser Gesellschaft befand sich niemand, auf den diese Beschreibung passte.

Er beendete seine Suche und verließ das Zimmer. Gerade, als er die Tür hinter sich zugezogen hatte und das nächste Schloss knacken wollte, wurde ihm bewusst, dass Miss Hunts einsamer Aufenthalt in der Bibliothek die ideale Gelegenheit für ein Treffen mit einem Käufer darstellte. Das heißt, falls sie die Verräterin war. Er zögerte, hin- und hergerissen zwischen der Entscheidung, seine Suche in den Zimmern fortzusetzen oder ein Auge darauf zu haben, wer womöglich die lustige Gesellschaftsspielrunde verließ. Schließlich gewann der Drang, nach Miss Hunt zu sehen, aber nicht etwa, weil er nicht aufhören konnte, an sie zu denken, sondern weil sie immerhin eine wasserfeste Verdächtige war. Das zumindest redete er sich ein.

Lautlos drückte Andrews die Tür zur Bibliothek auf und spähte hinein. Auch wenn er darauf vorbereitet war, sie mit einer anderen Person zu erblicken, schockierte ihn der Anblick, der sich ihm bot. Miss Hunt in den Armen von Lord Auburn! Sie schien sich aus seiner Umarmung befreien und einem ungewollten Kuss entfliehen zu wollen.

„Miss Hunt!" Andrews' Stimme klang schneidend, und die beiden zuckten zusammen. Kaum hatte Lord Auburn Miss Hunt losgelassen, sprang sie zur Seite und kam mit steifen

Schritten auf ihn zu. Er bot ihr seinen Ellbogen an, als wäre nichts passiert. „Sind Sie bereit für unseren Spaziergang?", improvisierte er.

„Ja, Mylord", murmelte die aufgewühlte Dame und ergriff seinen Arm, ohne noch einen Blick zurückzuwerfen.

Er führte sie aus der Bibliothek und den Korridor hinunter. Er begriff nicht ganz, warum er einen Spaziergang angeboten hatte, schließlich war es mitten in der Nacht. Plötzlich hörte er ihr leises Keuchen und verlangsamte seine Schritte.

„Bekommen Sie keine Luft?"

Sie schniefte.

„Oh", stammelte er, als ihm der Grund für ihr Keuchen bewusst wurde. Er zückte sein Schnupftuch und reichte es ihr an. „Soll ich zurückgehen und ihm die Nase brechen? Das würde mir nichts ausmachen. Tatsächlich würde es mir außerordentlich gut gefallen."

Sie kicherte durch ihre Tränen. „Nein."

„Sind Sie auch sicher nicht verletzt?"

„Nein. Ich bin nur … blamiert, dass Sie mich in einer solchen Lage überrascht haben."

„Sollten Sie nicht froh sein, dass ich Sie überrascht habe? Sie schienen Lord Auburns Aufmerksamkeit nicht gerade zu genießen."

„Ja, das stimmt. Bitte verzeihen Sie. Ich bin Ihnen für Ihre Rettung zur rechten Zeit sehr dankbar. Gleichermaßen dankbar und beschämt, fürchte ich."

Er blieb stehen, drehte sie so, dass sie ihn ansehen musste, und blickte auf sie hinab. Sie besaß das seltene Talent, wunderschön auszusehen, wenn sie weinte. Ihr Gesicht verzog sich nicht etwa in einem tragischen Ausdruck, sondern sah unverändert aus, bis auf die Tränen, die über ihre Wangen rollten, und ihre zitternde Unterlippe. Er wollte diese Tränen fortwischen und Miss Hunt an seine Brust ziehen, wollte ihr über die Haare streicheln und sie beruhigen, doch nichts davon durfte er.

„Vor mir brauchen Sie sich nie zu schämen", versicherte er ihr mit einem leisen Lachen. „Was genau ist vorgefallen?"

Sie seufzte schwer, tupfte sich die Tränen von den Wangen und drehte sein Schnupftuch zwischen ihren Finger. „Ich vermag es kaum zu sagen. Lord Auburn kam ins Zimmer und fragte, warum ich nicht mitspielen würde. Und dann hat er vorgeschlagen, dass wir ja unser eigenes Spiel spielen könnten, und … nun, so haben Sie uns vorgefunden."

„Ist er einer Ihrer Verehrer?"

„Ganz und gar nicht! Seine Avancen haben mich völlig überrumpelt. Er hat in der Vergangenheit kaum mehr als ein paar Worte mit mir gewechselt, geschweige denn, mich zum Tanz aufgefordert. Ich begreife nicht, was in ihn gefahren ist, dass er geglaubt hat … nun, ich weiß nicht einmal, was er geglaubt hat!"

Andrews griff nach ihrer Hand und legte sie zurück auf seinen Ellbogen, dann schlenderten sie weiter den breiten Korridor hinunter.

„Warum sind Sie zurückgekommen?", fragte Miss Hunt nach einem Augenblick.

„Ich wollte Sie sehen", gestand er. „Auch wenn ich nicht vorhatte, Gesellschaftsspiele mit Ihnen zu spielen."

„Warum?", fragte sie. „Ich meine nicht, warum Sie keine Gesellschaftsspiele spielen wollen, sondern warum Sie mich sehen wollten?"

„Weil ich Ihre Gesellschaft genieße", erwiderte er wahrheitsgemäß.

Und weil ich Sie des Landesverrats verdächtige.

Er hasste seinen argwöhnischen Verstand, der ihm weismachen wollte, dass Miss Hunt und Lord Auburn womöglich die beiden Personen waren, nach denen er suchte, und dass der erzwungene Kuss nur ein Schauspiel war, um ihr geplatztes Treffen zu vertuschen. So etwas wollte er nicht glauben. Er wollte einfach nur diese reizende Dame an seiner Seite trösten.

Plötzlich blieb sie stehen und starrte mit gerunzelter Stirn zu ihm hinauf. „Wie kann das sein?", fragte sie. „Was geht hier vor sich? Es ist unmöglich, dass mich gleich zwei Männer mit denselben Absichten aufsuchen."

Jetzt runzelte auch er die Stirn. Er griff nach ihren Armen und schüttelte sie sanft. „Unterschätzen Sie Ihre Anmut nicht", tadelte er.

Ein Kichern blubberte zwischen ihren Lippen hervor. „Sie sind anders als alle Männer, denen ich je begegnet bin, Lord Darlington."

Lächelnd ließ er sie los. „Das höre ich gern, Miss Hunt. Ich denke, Sie sollten Ihre Scharade fallen lassen, in Gesellschaft derart befangen zu sein. Sie sind nichts dergleichen."

Sie warf ihm einen Blick zu. „Wie können Sie so etwas sagen, wenn Sie mich bereits zweimal aus meiner eigenen Unbeholfenheit errettet haben?"

„Was ich damit sagen will, ist, dass Ihre Unbeholfenheit vollkommen unnötig ist. Glauben Sie, Sie könnten aufgrund Ihres Muttermals nicht strahlen wie alle anderen?"

Er befürchtete schon, sie würde ihn ohrfeigen, weil er ihr Mal erwähnt hatte, denn mit einer solchen Direktheit befand er sich jenseits allen Anstands.

Sie wurde rot und starrte ihn finster an. „Was wissen Sie schon über mein Muttermal?"

Ohne den Blick von ihr abzuwenden, zuckte er mit den Schultern. „Ich weiß, dass es Sie einzigartig macht. Ich weiß, dass es das Blau Ihrer Augen unterstreicht. Und ich kann sehen, dass Sie es nicht so schön finden wie ich."

Ihr Gesicht verzog sich, und ein Sturm aus Zorn, Verletzlichkeit und Schmerz braute sich darin zusammen. Suchend blickte sie in seine Augen, als ob sie sich seiner Aufrichtigkeit versichern wollte. „Wissen Sie, wie ich als Kind geschimpft wurde?"

Das wusste er nicht, noch wollte er es wissen, doch sie fuhr fort.

„Schandfleck. Sie haben mich Schandfleck genannt."

„Und sind Sie noch immer dieses Kind?", fragte er sanft. Davon, den Dämonen der eigenen Kindheit zu entfliehen, konnte er ein Lied singen.

Er konnte förmlich dabei zusehen, wie sie sich in sich selbst zurückzog, und wollte sich entschuldigen, wollte „schon gut" sagen, wollte die Stimmung auflockern. Doch es war zu wichtig, als dass er dieses Thema einfach fallen lassen konnte.

Sie schluckte. „Manchmal."

„Wollen Sie es weiterhin sein?"

„Nein", wisperte sie.

Er beugte sich zu ihr hinunter. „Ich bewundere Ihren Mut, Miss Hunt, diese Unzulänglichkeiten einzugestehen, die nichts mit einem Muttermal zu tun haben, das ich nun einmal wunderschön finde."

Sie blinzelte, und das schnelle Heben und Senken ihres seidigen Dekolletés zog seine Blicke auf sich.

Mittlerweile waren sie am Ende des Korridors angekommen, also drehten sie um und gingen in die Richtung zurück, aus der sie gekommen waren.

„Ich denke, ich sollte mich auf mein Zimmer zurückziehen", sagte sie, als sie an der Treppe vorbeikamen.

Er verbeugte sich knapp und gestattete ihr, als Erste die Treppe hinaufzusteigen, denn sie zu ihrem Zimmer zu eskortieren, ziemte sich nicht. In etwa zwanzig Schritten Abstand folgte er ihr und merkte sich das Zimmer, in dem sie verschwand. Als er allein war, presste er sein Ohr an eine andere Tür, fischte seine Haarklammer aus der Tasche und knackte das Schloss. Seine Suche ging weiter. Als er alles durchsucht hatte und bevor er das Zimmer verließ, presste er einmal mehr sein Ohr an die Tür und zog sie auf, nur um im nächsten Augenblick Miss Hunt zu erblicken, die ihre eigene Zimmertür aufzog. Ihr Blick wurde schneidend, als ihre Augen zwischen ihm und der fremden Zimmertür hin- und herflogen.

Sie weiß, dass es nicht mein Zimmer ist.

———

WAS MACHTE Lord Darlington im Zimmer der Winstons? Hastig sprang sie zurück in ihr eigenes Zimmer und knallte die Tür zu. Ihr Herz hämmerte. Sie hatte gewusst, dass irgendetwas an ihm nicht stimmte. War er ein Dieb? Welche andere Erklärung konnte es nur geben?

Angespannt lauschte sie, während seine Schritte immer näher kamen.

Vor ihrer Tür verstummten seine Schritte. „Guten Abend, Miss Hunt", murmelte er, als ob er wüsste, dass sie ihr Ohr gegen das Holz presste. Sie hielt die Luft an, gab keine Antwort und rechnete fest damit, dass ihr das Herz jeden Augenblick aus der Brust sprang. Schließlich entfernten sich seine Schritte wieder und stiegen die Treppe hinunter. Elizabeth stieß den Atem aus. Sie versuchte, das, was sie gerade beobachtet hatte, mit ihrem Eindruck von Lord Darlington übereinzubringen. Sie wägte ihre Verpflichtung ab, Lord Westerfield zu informieren, doch nichts weniger als ein Hausbrand würde sie in diesem Augenblick dazu bewegen, die Tür zu öffnen und nach unten zu gehen.

... ein Muttermal, das ich nun einmal wunderschön finde.

Wärme stieg in ihrer Brust auf, als sie sich an ihre Unterhaltung mit Lord Darlington erinnerte. Was kümmerte es sie schon, wenn er ein Dieb war? Er hatte sie aus zwei ausgesprochen unangenehmen Situationen errettet, ohne sie zu blamieren, hatte sie charmant genannt und es anscheinend auch so gemeint. Andererseits war ein Dieb bestimmt auch ein guter Lügner.

Trotzdem, es kümmerte sie nicht. Selbst wenn die Winstons am nächsten Morgen Alarm schlagen sollten, weil Dinge in ihrem Zimmer fehlten, würde sie kein Wort sagen. Lord Darlington – oder wie auch immer er heißen mochte – hatte sie vor Schmach und Schande bewahrt. Sie würde ihm den gleichen Gefallen erweisen.

***

AM NÄCHSTEN MORGEN verließ sie das Haus und brach zu ihrem täglichen Spaziergang auf. Sie warf sich einen Schal um die Schulter und trat hinaus in die diesige Luft. Der frühe Morgen war ihre liebste Tageszeit, denn dann konnte sie allein sein, ganz ohne den Druck, sich in Gesellschaft begeben zu müssen. Sie raffte ihren Rock, spazierte in langen Schritten dahin und atmete die frische Morgenluft ein. Ihr Weg führte sie zum Wald, wo das Vogelzwitschern zwischen den Ästen und Zweigen sie willkommen hieß.

Als der Wald dichter wurde, verlangsamte sie ihre Schritte und verlor sich in diesem angenehmen Zustand, in dem man nicht länger von Grübeleien geplagt wurde. Doch als ihr Fuß abrutschte, wurde sie jäh aus ihrer Meditation gerissen. Der Waldboden unter ihr gab nach und sie schoss mit beiden Füßen voran in die Tiefe. Voller Panik schrie sie auf.

Sie glaubte noch, ihren Namen zu hören, der von einer alarmierten Männerstimme gerufen wurde, dann landete sie so heftig auf ihrem Rücken, dass alle Luft aus ihren Lungen rauschte und ihr schwarz vor Augen wurde.

„Miss Hunt! Miss Hunt … Miss Hunt."

Während sie angestrengt versuchte, wieder zu Atem zu

kommen, tasteten in der Dunkelheit flinke Hände gekonnt ihren Körper nach Verletzungen ab, glitten über ihre Wangen und hoben ihren Kopf an, um auch ihren Hinterkopf zu examinieren. Zuletzt strichen die Hände über ihre Arme.

„Miss Hunt?", fragte der Mann eindringlich.

Lord Darlington. Ihr immerwährender Retter. Sie war zu atemlos, als dass sie ihm antworten konnte. Seine Hände fuhren mit ihrer Untersuchung fort, verschwanden unter ihrem Körper, um ihren Rücken zu untersuchen, fuhren dann über ihre Beine, Knöchel und Füße. Seine Berührungen waren federleicht, aber sicher, als ob er ständig die Glieder junger Damen examinierte, die in … ja, wo hinein war sie eigentlich gestürzt?

„Miss Hunt, Miss Hunt, Miss Hunt", wiederholter er immer wieder sanft, vielmehr zu sich selbst als zu ihr. Seine Hände waren nun erneut an ihrem Oberkörper angelangt, und zu ihrem Schrecken verschwanden seine Finger im Ausschnitt ihres Kleides und griffen nach den Stäben ihres Korsetts.

„Was machen Sie denn da?!", keuchte sie.

„Oh!", rief er erschrocken aus, riss seine Hand zurück und lachte befangen auf. „Ich wollte Ihr Korsett lösen, damit Sie besser Luft bekommen", erklärte er. Seine Stimme war voller Heiterkeit. „Bitte verzeihen Sie! Geht es Ihnen gut? Nein – nein, bewegen Sie sich noch nicht", mahnte er und hielt sie fest, als sie versuchte, sich in der Dunkelheit aufzusetzen.

„Ich glaube nicht, dass ich verletzt bin", sagte sie. „Für einen Moment habe ich keine Luft mehr bekommen. Wo sind wir?"

„Ich glaube, es ist ein natürlicher Erdspalt, der durch verrottete Wurzeln entstanden ist. Wir befinden uns unter einem Baum, in einer Art Erdhöhle, schätze ich."

Sie blinzelte dem Licht entgegen, das gute drei Meter

über ihnen in den Spalt eindrang. „Wie sind Sie hier hereingekommen?"

„Ich habe Sie stürzen sehen und bin Ihnen gefolgt. Ich bin Darlington, falls Sie das noch nicht erraten haben." Er legte seine Hand auf ihren Nacken und half ihr dabei, sich aufzurichten.

„Natürlich habe ich das erraten. Wer sonst hätte ein solch überwältigendes Interesse am Zustand meines Korsetts?"

Darlington lachte, der dunkle, volle Klang aufrichtiger, männlicher Belustigung. Seine Hand glitt über ihren Rücken, als ob er sie noch immer auf Kratzer und Prellungen untersuchte. „Haben Sie Schmerzen?"

Sie stöhnte leise. „Ja … nein, nicht wirklich. Mein Körper ist nur verkrampft."

„Bleiben Sie einen Moment sitzen, bis Sie sich ganz sicher sind, dass Sie nicht verletzt sind", wies er sie an, während seine Hand zu ihrem Nacken wanderte, wo seine Finger sanft über ihre Haut streichelten. Seine Berührungen waren zu intim, doch in dieser Dunkelheit, in der er seine Hände als Augen benutzt hatte, war es ein natürliches Verhalten gewesen.

„Wie kommen wir hier nur wieder raus?", fragte sie mit bebender Stimme.

„Oh, ich denke, ich kann Sie einfach rausheben. Und wenn ich es anschließend nicht schaffen sollte, selbst hinterherzuklettern, können Sie Hilfe holen", erklärte er. Ihr Dilemma schien ihn überhaupt nicht zu bekümmern. „Können Sie aufstehen?"

„Ja. Danke", sagte sie.

Er zog sie auf die Füße, noch bevor sie selbst Anstalten dazu machte. Als er unter den Spalt über ihnen trat, konnte sie im schummrigen Licht seine Gestalt erkennen – starke, kompetente Schultern auf einem robusten Körper. Sie trat zu ihm.

„Also, wenn ich Sie gerade hochhebe, sollten Sie die kleinen Wurzeln über uns greifen können – sehen Sie sie?"

„Ja."

Er kniete sich hin. „Setzen Sie sich auf meine Schultern."

„Oh!", rief sie aus, dankbar für die Dunkelheit, die die Schamesröte verbarg, die sie auf ihren Wangen spüren konnte. Zögerlich hob sie eine Seite ihres Hinterns auf seine Schulter und hielt sich an seiner anderen Schulter fest.

Sein Arm schlang sich um ihre Taille und er drückte sie gegen seinen Hals, dann erhob er sich mit einer explosiven Bewegung auf die Füße. Sie stieß einen leisen Schrei aus, als sie kurz schwankten, kicherte jedoch im nächsten Moment bereits verlegen.

„Also dann, Miss Hunt. Können Sie sich an irgendetwas über Ihrem Kopf festhalten?"

Sie wollte seine Schulter nicht loslassen, also streckte sie nur ihre linke Hand nach oben aus, ohne jedoch wirklich hinzusehen, wonach sie griff. Darlington veränderte seine Position und sie zuckte erschrocken zusammen.

„Ich halte Sie fest", versicherte er ihr. „Ich lasse Sie nicht fallen, versprochen. Versuchen Sie, eine Wurzel über sich zu greifen."

Seine beschwörende Stimme ließ sie ihre Torheit erkennen. „Bitte entschuldigen Sie", sagte sie und kam sich vor wie eine dumme Gans.

„Es gibt nichts zu entschuldigen", erwiderte er ohne das geringste Anzeichen von Ungeduld, auch wenn sie ihn mit ihrem ungeschickten, seitlichen Damensitz auf seinen Schultern regelrecht erdrücken musste.

Sie hob den Blick, hielt die Luft an und streckte die rechte Hand nach einer Wurzel aus. Sie erwischte sie beim ersten Versuch und stieß einen erleichterten Seufzer aus. Doch trotz der Wurzel in ihrer Hand wusste sie noch immer nicht, wie sie nun aus dem Loch herausklettern sollte.

Lord Darlington griff nach ihren Füßen und fing an, sie nach oben zu heben, als ob sie auf seinen Handflächen stehen würde. Genau wie vor wenigen Augenblicken, als er sie auf die Füße gezogen hatte, blieb ihr auch diesmal keine Zeit, mitzuhelfen, bevor er sie in die Luft hob. Sie klammerte sich an die Wurzeln, griff höher und höher und stützte sich schließlich auf den Unterarmen ab, um ihren Oberkörper aus dem Loch zu befreien, während Lord Darlington sie unentwegt von unten stützte.

Schwer atmend ließ sie sich auf den weichen Waldboden fallen, nur um im nächsten Moment zu spüren, wie sie dadurch einen Wasserfall aus Erdklumpen auf ihren armen Retter hinunterrieseln ließ. „Oje!", rief sie.

„Klettern Sie weiter", erklang seine ruhige Anweisung.

Sie gehorchte und robbte auf ihrem Oberkörper vorwärts, bis sie auf festerem Grund angelangt war. Dort blieb sie keuchend liegen. Ihr Herz trommelte einen aufgeregten, unregelmäßigen Rhythmus in ihrer Brust. „Ich bin draußen!", rief sie, als sie wieder zu Atem gekommen war.

„Ja", sagte er heiter, als ob er geduldig abgewartet hätte, bis sie das Offensichtliche feststellte.

„Ich werde sofort Hilfe holen!", rief sie nach unten. Sie fühlte sich schuldig dafür, in Freiheit zu sein, während er weiterhin in diesem Loch feststeckte.

„Vielen Dank", erwiderte er vollkommen unbekümmert.

Eilig kletterte sie auf die Füße, klopfte sich den Schmutz von ihren Röcken und eilte in Richtung des Anwesens davon. Als sie am Waldrand ankam, innehielt und sich umdrehte, um sich die Stelle zu merken, erstarrte sie völlig verdattert.

Lord Darlington schlenderte auf sie zu, ein Grinsen auf dem Gesicht, als wäre nichts passiert.

ZWEITES KAPITEL

„Was habt ihr zu berichten?", fragte er Smith und Jenners, als er vor dem Frühstück auf sein Zimmer zurückkehrte.

In einer himmelschreienden Demonstration von *Nicht*-Dienstbotendasein ließ sich Jenners quer über sein Bett fallen. „In den Dienstbotenquartieren haben wir nichts gefunden – und wir haben jede Ecke durchsucht. Was den Klatsch und Tratsch betrifft, der hat uns auch nicht weitergeholfen, allerdings bin ich bisher auch noch keinem Bediensteten mit loser Zunge begegnet. Daran arbeite ich noch. Wie läuft es bei euch?"

„Ich habe bisher nur drei der Gästezimmer durchsuchen können. Heute Morgen habe ich Miss Hunt dabei beobachtet, wie sie allein zu einem Spaziergang aufgebrochen ist, also bin ich ihr gefolgt, aber es war in der Tat nur ein einsamer Spaziergang."

„Ich glaube nicht, dass Miss Hunt unsere Verräterin ist. Ist sie nicht die Tochter des vermögenden Schiffsbauers Thomas Hunt?"

„Ist sie das?"

Das hörte er gern – er konnte es nicht erwarten, sie von der Liste der Verdächtigen zu streichen und an erste Stelle einer gänzlich anderen Liste zu setzen. Die Wahrheit war, dass er noch nie im Leben einer Frau den Hof gemacht hatte. Seine Arbeit ließ wenig Zeit für anderes, und das Beispiel seines Vaters als Ehemann und Vater hatte ihm die Lust am Familienleben gehörig vertrieben. Doch Miss Hunt faszinierte ihn so sehr, dass er unbedingt mehr Zeit mit ihr verbringen wollte.

Er informierte Jenners und Smith über alles, was er von Miss Hunt über die Gäste und ihre Hintergründe gelernt hatte. Anschließend ging er hinunter in den Speisesaal, um zu frühstücken.

„Da ist er ja", sagte Miss Hunt, als er eintrat, und hob den Blick. Sie saß neben Lady Westerfield, deren Talent für geistreiche Unterhaltungen seine stille Freundin scheinbar aus der Reserve gelockt hatte.

„Lord Darlington", rief Lady Westerfield aus. „Ich habe gerade von Ihrer heldenhaften Rettung unserer armen Miss Hunt heute Morgen erfahren!"

Er suchte Miss Hunts Blick, zwinkerte ihr zu und beobachtete, wie sich eine rosige Röte über ihre Wangen legte.

„Wie fühlen Sie sich jetzt?", wollte er wissen.

„Ein wenig durchgerüttelt, aber ansonsten unversehrt. Vielen Dank noch einmal für Ihr rechtzeitiges Auftauchen."

Er lächelte. Sie hatte ihm bereits persönlich gedankt, als er sie am Waldrand eingeholt hatte, doch zu sehen, wie sie es vor dem vollbesetzten Tisch laut wiederholte, ohne dabei zu hyperventilieren, wärmte ihm das Herz. Er nickte Lady Westerfield einen stummen Dank für ihre soziale Gewandtheit bei so vielen unterschiedlichen Menschen zu. Ihr Mann besaß dieses Talent nicht und wirkte in der Tat manchmal so, als wollte er am liebsten verschwinden, dennoch gab er einen bemerkenswerten Gastherrn ab, einfach weil er seiner Frau, der Gastgeberin, so ergeben war.

Nach dem Frühstück lud ihn Lord Westerfield zusammen mit den anderen Gentlemen zur Jagd ein. Andrews willigte ein und versuchte, im Laufe des Vormittags ein Gespür für jeden der Männer zu bekommen. Es war unmöglich, sich davonzustehlen und seine Suche in den Zimmern fortzusetzen, bis sie zurückgekehrt waren und die Herren zu den Damen stießen, um auf dem manikürten Rasen eine Runde Boule zu spielen.

Er entschuldigte sich, ging nach oben, knackte ein weiteres Schloss und inspizierte die Inhalte des Zimmers. Er schaffte es, vier Zimmer von oben bis unten zu durchsuchen, bevor ihn Stimmen in der Eingangshalle unterbrachen und er hinaus auf den Flur huschte. Ohne gesehen zu werden, verschwand er durch die Gartentür, ging um das Haus herum und schloss sich der Gruppe an, die gerade durch das Tor zum Anwesen trat. Miss Hunt schlenderte am Ende der Gesellschaft aufs Haus zu und warf ihm einen neugierigen Blick zu. Bisher hatte sie nichts darüber gesagt, ihn gestern Abend beim Verlassen eines Zimmers, das nicht seines war, erwischt zu haben. Doch etwas in ihrem Blick verriet ihm, dass sie ganz genau wusste, dass er dort nichts verloren gehabt hatte.

„Lord Darlington!", rief die ältere Miss Winters. „Wir haben Sie vermisst! Ich hätte liebend gern eine Runde Boule mit ihnen gespielt."

„Ich habe mir die Pferde angesehen und bin ein wenig spazieren gegangen."

„Wie mir scheint, verschwinden Sie gern hin und wieder", bemerkte Lord Auburn, bei dessen argwöhnischem Ton sich Andrews' Nackenhaare aufstellten.

„Tue ich das?"

„Ja, das tun sie", rief die jüngere Miss Winters. „Gestern

Abend haben Sie sich vor den Gesellschaftsspielen gedrückt, und heute Morgen haben Sie uns allein Boule spielen lassen. Mögen Sie keine Spiele?"

Er zwang sich ein Lächeln aufs Gesicht und wünschte inständig, diese törichten Damen würden ein anderes Thema finden.

„Lord Darlington war so freundlich, mich auf einem kurzen Spaziergang zu begleiten", meldete sich Miss Hunt zu Wort und reckte das Kinn, als ob sie die anderen Damen herausfordern wollte, ihr zu widersprechen.

Sein Herz machte einen Salto. Was wollte sie damit bezwecken?

„Oh!", stammelte Miss Winters und sah verblüfft aus. „Wie nett von ihm", fügte sie steif hinzu, legte einen Schritt zu und ließ sie stehen.

Er bot Miss Hunt seinen Ellbogen an, kurz bevor sie durch ein schmales Schwinggatter treten mussten. Als sich ihre Körper näher kamen, damit sie durch das enge Gatter passten, flogen seine Augen zu ihren. Seine Fantasie spielte ihm einen Streich, und er stellte sich vor, wie er sie küsste.

Auch Miss Hunt spähte unter ihren langen Wimpern zu ihm auf, als ob sie den gleichen Gedanken hätte, und ihre rosigen Lippen öffneten sich einen Spaltbreit. Als sie am Gatter ankamen, blieb er stehen, und ihr fiel alarmiert der Mund auf.

„Ich werde keinen Kuss von Ihnen verlangen", bemerkte er amüsiert.

Ihre Wangen wurden feuerrot.

Sein Blick wanderte zum Haus, um sich zu vergewissern, dass ihn die anderen Gäste nicht länger hören konnten. „Warum haben Sie für mich gelogen?"

Sie schenkte ihm einen berechnenden Blick und musterte ihn mit einer Intelligenz, die er immer dann bemerkte, wenn sie andere beobachtete. Sie zuckte mit den Schultern und ihre zierlichen Schlüsselbeine hoben und senkten ihr Dekolleté.

Er wartete auf mehr.

„Sie sind nicht Lord Darlington, habe ich recht?", sagte sie schließlich. „Ich habe gesehen, wie Sie gestern Abend aus dem Zimmer der Winstons gekommen sind. Wer sind Sie? Ein Dieb?"

„Ein Dieb?", warf er fassungslos zurück. „Sie haben für einen Mann gelogen, den Sie für einen Dieb halten? Jemand sollte Sie übers Knie legen!"

„Jemand?", fragte sie, als ob sie klarstellen wollte, wen er damit meinte.

Die Vorstellung, ihr Zuchtmeister zu sein, blitzte in seinen Gedanken auf und sein Schwanz wurde steinhart. Beim Blick ihrer himmelblauen Augen wurde ihm heiß, und er zupfte an seiner Ascotkrawatte herum.

„Miss Hunt", sagte er mit heiserer Stimme. „Ich bin kein Dieb … aber ich fühle mich geschmeichelt, dass Sie bereit waren, trotz dieser Annahme für mich zu lügen. Darf ich fragen, wieso?"

Ihr kühner Blick geriet ins Wanken. Mit flatternden Wimpern senkte sie die Augen zu seinem Kragen. „Ich hatte das Gefühl, Ihnen etwas schuldig zu sein, nachdem Sie so freundlich zu mir waren."

Er wollte nach ihren Schultern greifen und sie schütteln – nein, er wollte sie über das Knie legen und ihr dieses angedeutete Spanking verpassen, weil sie so gering von sich dachte.

„Das war keine Freundlichkeit", erklärte er inbrünstig.

Wieder wanderten ihre Augen zu seinen, doch sie sah unsicher aus.

„Miss Hunt, Sie sind eine intelligente Frau. Haben Sie denn noch immer nicht begriffen, dass ich fasziniert von Ihnen bin?"

Sie presste sich die Hand auf die Brust, als ob sie keine Luft mehr bekäme.

„Ich bin nicht Lord Darlington, doch ich versichere Ihnen, dass ich ein respektabler Gentleman bin, und Lord Westerfield über den Grund meiner Anwesenheit auf seiner Gesellschaft Bescheid weiß. Wenn der ‚Iden des März'-Ball vorbei ist, würde ich mit Ihnen sehr gern einen Neustart wagen, als mein wahres Ich, und Ihnen in London den Hof machen. Würden Sie mir gestatten, Sie dort zu besuchen?"

Ihre Finger griffen nach dem Bund ihres Korsetts und sie zog daran, um leichter Luft zu bekommen.

„Bitte?", schmeichelte er und schenkte ihr ein charmantes Lächeln.

„Ich schätze, das hängt davon ab, wer Sie wirklich sind", erwiderte sie. Sie klang atemlos, und doch glaubte er, nichts als Bewunderung in ihren Augen zu erblicken.

„Dagegen kann ich nichts einwenden", sagte er und zwinkerte ihr zu. „Sollen wir?"

EIN ZWEITES MAL durchsuchte sie hektisch den Schrankkoffer, glitt mit ihren Fingern über das Futter und hob es an, um dahinter spähen zu können.

Nichts.

Könnten die Pläne herausgerutscht sein? Sie musste sie auf der Stelle finden – Miss Hunt würde schon bald von ihrem Spaziergang zurückkehren. Sie durchsuchte den Kleiderschrank, sah darunter nach und räumte den gesamten Schrankkoffer einmal mehr aus und wieder ein.

Noch immer nichts.

Ihr hämmerndes Herz drohte, ihr aus der Brust zu springen. Jemand musste die Pläne gefunden haben. Doch wer? Miss Hunt? Hatte der Mann, der sie kaufen wollte, sie womöglich gestohlen, um nicht zahlen zu müssen? Oder waren sie von jemand anderem gefunden worden? Von einem Mitglied der Regierung? Einem Spion, womöglich?

Doch genau aus diesem Grund hatte sie die Pläne ja in Miss Hunts Sachen versteckt und nicht etwa in ihren eigenen. Obwohl Miss Hunt womöglich eine noch wahrscheinlichere Kandidatin dafür war, Pläne von Kriegsschiffen zu verkaufen, als sie. Sie schlug sich mit der flachen Hand gegen die Stirn. „Dumm, dumm, dumm!", murmelte sie. Natürlich hätte sie die Pläne nicht in den Sachen der Tochter eines Schiffsbauers verstecken sollen. Dort würde man zuallererst nachsehen.

Sie musste auf der Stelle abreisen, bevor noch jemand eins und eins zusammenzählte und zu dem Schluss kam, dass sie ihrem Arbeitgeber geheime Pläne gestohlen hatte. Doch wo sollte sie hin? Gottard würde sie umbringen. Er würde glauben, dass sie das Geld selbst eingesteckt hatte. Er würde ihr niemals glauben, dass sie die Pläne verloren hatte, bevor sie sie verkaufen konnte, vor allem nicht, wenn sie wegen Landesverrat gehängt wurde.

Sollte er doch in der Hölle schmoren! Dieses Katz-und-Maus-Spiel allein ihr zu überlassen. Ihre Aufgabe war es gewesen, die Pläne zu stehlen – und eigentlich hätte er sie verkaufen sollen. Doch dann hatte sein Mittelsmann einen Käufer aufgetrieben, und der „Iden des März"-Balls der Westerfields war als Ort für die Übergabe bestimmt worden. Und natürlich hatte nur sie, als Miss Eliza Hunts Dienstmädchen, Zugang zu einer solchen Veranstaltung.

Wenn sie doch nur die Identität des Käufers kennen würde! Sie könnte versuchen, ihn sofort zu treffen und ihm falsche Pläne zu verkaufen. Sie hatte die Dokumente gesehen – sie könnte eine Reproduktion erstellen. Die Pläne hatten lediglich aus Zeichnungen von Schiffen bestanden, deren Dimensionen und Artilleriepositionen vermerkt waren. Sie könnte das Geld entgegennehmen, lange vor Beginn des Balls verschwinden, und von Gottard für ihre Raffinesse belohnt werden.

Für einen Augenblick erwog sie, doch bis zum Ball zu bleiben und zu versuchen, das geplante Treffen stattfinden zu lassen. Doch nein. Die Pläne waren verschwunden, also war es am Ende womöglich eine Falle. Sie musste auf der Stelle das Haus verlassen, nach London zurückkehren und zum Himmel beten, dass Gottard ihr glaubte.

———

AUCH AM NÄCHSTEN Morgen machte Elizabeth einen Spaziergang, teils in der Hoffnung, erneut Lord Darlington über den Weg zu laufen. Sie hielt sich an den Waldrand, auch wenn ihr bewusst war, dass die Wahrscheinlichkeit, ein zweites Mal in ein Loch zu fallen, verschwindend gering war. Wie immer beruhigte die frische Luft ihre Nerven. Das Singen der Vögel öffnete ihr das Herz und die Einsamkeit entspannte sie. Auf ihrem Rückweg ging sie die Außengrenze des Anwesens entlang und am Pförtnerhaus vorbei. Als sie auf der Rückseite des kleinen Hauses angekommen war, griff urplötzlich eine Hand von hinten nach ihrem Arm und eine zweite Hand presste sich auf ihren Mund und erstickte ihren Schrei. Der Angreifer hob sie hoch und trug sie kurzerhand in das Pförtnerhaus hinein.

„Ich habe die Papiere gefunden, Miss Hunt."

Sie erkannte die bedrohliche Stimme. Sie gehörte Lord Darlington – oder wer auch immer er sein mochte – und die Veränderung in seinem Auftreten jagte ihr einen Schauer den Rücken hinunter.

„Wem wollten Sie sie verkaufen? Oder haben Sie sie gekauft?" Er klang wütend. Noch immer hielt er sie mit eisernem Griff um ihre Taille fest, nahm jedoch die Hand von ihrem Mund, damit sie ihm antworten konnte.

„Ich weiß nicht, wovon Sie sprechen!"

„Lügen Sie mich nicht an!", brüllte er und schüttelte sie. Er zerrte sie vorwärts und drückte sie bäuchlings über einen alten Sattel, der auf einer Kiste abgelegt war. Das Pförtnerhaus schien als Aufbewahrungsort für überschüssige Stallausrüstung genutzt zu werden, und der Geruch von altem Leder und Heu drang ihr in die Nase. Darlington zerrte ihre Handgelenke auf ihren Rücken und fesselte sie mit einem Seil.

„Was machen Sie denn da?", rief sie erschrocken.

„Still!", fuhr er sie an, und sie hörte, wie etwas durch die Luft pfiff, bevor sich in der nächsten Sekunde ein Band aus Feuer über ihren Hintern legte, dass sie aufschrie. Ihr Kopf flog herum und sie spähte über ihre Schulter. Darlington bog eine Reitgerte zwischen seinen Fäusten. Panisch versuchte sie, sich aufzurappeln, doch er drückte ihren Oberkörper hinunter und stemmte seine Hand auf ihren unteren Rücken.

„Ihr Mauerblümchengehabe war gut. Sie hätten mich beinahe zum Narren gehalten", sagte er und jagte ihr noch mehr Angst ein, indem er ihre Röcke nach oben zerrte. Dann spreizte er den Schlitz ihrer Unterhosen und entblößte ihren Hintern.

Sie kämpfte gegen seine Oberhand an, versuchte erneut, sich aufzurichten, konnte sich jedoch nicht aus seinem eisernen Griff befreien.

„Haben Sie herausbekommen, wer ich bin?", fragte er und ließ die Gerte erneut auf ihre nackten Backen sausen.

Tränen traten in ihre Augen und sie keuchte vor Schmerzen auf.

„Hatten Sie gehofft, Sie könnten mich mit Ihrem Charme von meiner Aufgabe ablenken? War das Ihr Plan?", verlangte er und versohlte ihr mit dieser grausamen Gerte den Hintern.

„Ich schwöre, ich weiß nicht …"

„Still!", blaffte er erneut und ließ die schreckliche Gerte noch fester als zuvor hinuntersausen. „Schweigen Sie, es sei denn, ich stelle Ihnen eine Frage."

„Aber Sie haben gefragt …" Sie verschluckte ihren Protest, als ein weiterer Hieb sie nach Luft schnappen ließ.

Er tippte mit der Gerte gegen ihre brennende Haut, und in dieser kurzen Verschnaufpause wurde sie sich plötzlich ihrer Blöße gewahr. Sie konnte nicht anders, als sich den Anblick vorzustellen, den ihr nackter Hintern ihm bieten musste. „Wissen Sie eigentlich", fragte er mit ruhigerer Stimme, „dass Sie die einzige Frau sind, der ich jemals den Hof machen wollte? Jetzt bin ich der Dumme, oder etwa nicht?", fragte er verbittert und ließ die Gerte hinuntersausen.

Sie schrie auf und Tränen rollten über ihre Wangen, während ihr Verstand versuchte, sich von dieser Verwirrung zu erholen. Lord Darlington glaubte, sie besäße Papiere, mit denen sie sich auf irgendeine Weise schuldig machte, so viel war klar.

Wieder peitschte er sie aus, und wieder schrie sie auf. Inmitten ihrer Verwirrung und ihrer Angst und den brennenden Schmerzen klammerte sie sich an einen winzigen Rettungsanker: Sein Zorn schien aus einem Gefühl des Verrats heraus zu entstehen. Sie bedeutete ihm wirklich etwas – oder zumindest hatte sie das bis kurz vor diesem Moment getan.

Dreimal mehr ließ Darlington die Gerte auf ihren Hintern niedergehen. Es war ihr unmöglich, aufzuschreien oder überhaupt nach Luft zu schnappen. Als er für einen Moment innehielt, brach ein Schluchzer aus ihr hervor. Dieses Geräusch schien etwas in ihm auszulösen, denn er streichelte mit sanfter Berührung über ihre pochenden Backen. Dann seufzte er und sprach mit leiser, von Bedauern durchdrungener Stimme mit ihr. „Verraten Sie mir, wie Sie an die Pläne gekommen sind?"

„Ich weiß nicht …"

„Stopp", befahl er und klang regelrecht angewidert. „Ich kann Ihre Lügen nicht ertragen."

Träge streichelte er weiter ihren Hintern. Sie wusste, dass sie protestieren sollte, doch die Erleichterung seiner Berührung überwog alles andere. Noch immer war sie völlig entblößt, ihr Hintern wie auf einem Präsentierteller für seine Bestrafung und nun für seine zärtlichen Berührungen. Dennoch rauschte eine Hitze durch ihre Adern, nicht nur unter der Haut ihrer wunden Backen, sondern auch tief in ihrem Innern, und erfüllte sie mit Verlangen.

Seine Hand glitt tiefer, bis an die Stelle, wo ihr Hintern in ihre Beine überging. Zu ihrem Entsetzen wischte er mit der Daumenkuppe einen Tropfen Feuchtigkeit von ihrem inneren Oberschenkel.

„Ich glaube, Sie finden meine Bestrafung erregend", bemerkte er überrascht.

Brennende Scham erfüllte ihre Brust und ließ ihr Gesicht rot werden.

„Ich schätze, das tue ich auch", murmelte er.

Echte Panik übermannte sie und sie versuchte verzweifelt, sich vom Sattel zu werfen, doch Darlington drückte ihren Oberkörper erneut hinunter. „Entspannen Sie sich", sagte er und fingerte an ihren gefesselten Händen herum. „So ein Mann bin ich nicht."

Zu ihrer Überraschung band er ihre Handgelenke los und drehte sie herum, damit sie ihn ansehen konnte. „Ich bringe es nicht einmal übers Herz, Ihnen so viel Angst einzujagen, dass sie gestehen."

Sie blickte zu ihm auf und war erschrocken, als sie seinen gequälten Ausdruck erblickte.

„Noch wünsche ich, Sie am Galgen zu sehen", bemerkte er finster.

Sie versuchte erneut, sich seinem Griff zu entziehen, denn die Vorstellung, gehängt zu werden, ließ ihr Herz rasen.

Er hielt sie fest und starrte mit einem heimgesuchten Blick in ihr Gesicht. „Ist auch das eine Lüge?", fragte er, leckte über seine Daumenkuppe und streckte die Hand nach ihrem Muttermal aus, als wollte er es fortwischen.

Nun stieg auch in ihr Zorn auf, und sie drehte den Kopf zur Seite und warf sich in seinen Armen hin und her.

Er hielt ihren Nacken fest und hob ihr Gesicht seinem entgegen. „Nein, Sie wissen wirklich nicht, wie schön Sie sind", sagte er traurig, dann senkte er den Kopf und küsste das Mal neben ihrem Auge. Seine Lippen waren so weich, sie konnte kaum glauben, dass sie zum selben Mann gehörten, der sie in diesem Moment fest wie in einem Schraubstock hielt.

„Ich gewähre Ihnen einige Stunden, um zu fliehen", sagte er, und dann eroberte er ihren Mund mit einem heißen, brutalen Kuss, der ihr Innerstes in Flammen setzte und ein forderndes Pochen zwischen ihren Beinen heraufbeschwörte. Er ließ sie ebenso grob los, wie er sie genommen hatte, und verließ mit langen Schritten das Pförtnerhaus, ohne sich noch einmal zu ihr umzudrehen.

———

AUF DEM WEG zurück zum Haus ließ die Hitze in seinem Innern seine Weste und seine Jacke beengend wirken. Seine Hände zitterten, ob durch Zorn oder Leidenschaft, vermochte er nicht zu sagen. Sein Verhalten hatte ihn überrumpelt. Er war nie ein Hitzkopf gewesen, noch verhielt er sich für gewöhnlich unberechenbar. Wäre das der Fall, hätte er nicht so lange als Spion für sein eigenes Land gearbeitet. Doch Eliza Hunts Verrat traf ihn bis ins Mark. Denn es zeigte ihm, wie sehr er sich von seinen Fantasien über eine gemeinsame Zukunft mit ihr hatte mitreißen lassen.

Er hätte es wissen müssen. Er würde niemals heiraten, und diese bizarre Begegnung bewies einmal mehr, dass er nicht für die Liebe gemacht war. Was für ein Mann riss einer Frau denn die Unterhose auf und versohlte ihr den Hintern? Er hatte nicht einmal versucht, handfeste Informationen aus ihr herauszubekommen. Er hatte einfach den Verstand verloren und hatte ihren zuckenden Hintern mit einer Reitgerte bearbeitet wie ein kranker Mann.

Und doch …

Abrupt blieb er stehen, als ihm der Beweis ihrer Erregung zwischen ihren Beinen einfiel. Er hob seinen Daumen zur Nase und atmete den süßen Duft ihres Nektars ein. Ein Schauder durchfuhr ihn.

Grundgütiger, ich bin verloren.

Er wollte sie. Ganz verzweifelt. Die Vorstellung, dass es sie erregt hatte, wie demütigend er sie behandelt hatte, schickte einen Blitz der Lust direkt in seinen Schwanz. Sein Verstand war wie benebelt vor Verwirrung. War er grausam zu ihr gewesen? Er hatte sein ganzes Leben damit verbracht, seinen Wunsch, eine Frau über das Knie zu legen und ihren nackten Hintern zu versohlen, tief in sich zu vergraben. Er wollte nicht zu dem unmenschlichen Mann werden, der sein Vater gewesen war – ein Mann, der seine Frau und sein Kind verprügelt hatte, bis sie davongelaufen waren, ihre Namen geändert und sich vor ihm versteckt hatten. Doch heute war sein finsterstes Geheimnis in einem Augenblick der Leidenschaft aus ihm herausgeplatzt. Und zu seinem absoluten Entsetzen war sein Opfer ebenso erregt gewesen wie er.

Einzig die Gewalt dieser Entdeckung hatte ihn dazu gebracht, sein Land im Stich zu lassen und der Hauptverdächtigen im Fall verkaufter englischer Staatsgeheimnisse zu gestatten, zu fliehen. Er ging weiter und diskutierte innerlich, was zu tun war. Er war in Besitz der Papiere, die er im Futter von Miss Hunts Schrankkoffer gefunden hatte. Die Pläne waren das Allerwichtigste. Allerdings bestand die Möglichkeit, dass sie bereits eine Kopie davon angefertigt hatte. Würde er ihr gestatten, gänzlich ungeschoren davonzukommen, oder sollte er Smith und Jenners umgehend informieren, damit sie ihr folgten?

Ihr zu folgen, könnte sie zu einer besseren Quelle führen, und er könnte später immer noch mit dem Magistrat sprechen, damit er in Miss Hunts Fall Milde walten ließ. Allerdings wollte er ebenso wenig sehen, wie sie nach Australien verschifft wurde, wie er sie hängen sehen wollte. Doch wie er es auch drehte und wendete – es war das einzig Richtige. Zügig betrat er das Haus und ging zu den Dienstbotenquartieren weiter.

Auf der Treppe kam ihm Jenners entgegen. „Ich hab' schon nach dir gesucht!", rief er lauthals.

Warnend zog Andrews eine Augenbraue hoch.

„… Mylord", fügte Jenners eilig an und bemühte sich um einen unterwürfigeren Tonfall. „Ich, äh, habe mich gefragt, ob Sie etwas brauchen."

„Ja, Jenners. Ich brauche in der Tat etwas. Kommen Sie auf der Stelle mit in mein Zimmer."

„Selbstverständlich, Mylord", erwiderte Jenners. Smith gesellte sich zu ihnen, und die drei Männer stiegen die Treppe zu den Gästezimmern hinauf.

„Miss Hunts Dienstmädchen hat das Anwesen verlassen", erklärte Jenners, kaum dass sie die Zimmertür hinter sich geschlossen hatten.

„Wann?"

„Vor etwa zwei Stunden“, erklärte Smith. „Bitte entschuldige, ich habe es erst herausgefunden, nachdem sie bereits verschwunden war. Sonst wäre ich ihr gefolgt.“

„Ist sie allein abgereist?“

„Ja. Einer der Kutscher hat sie gefahren. Sie hat irgendetwas von einem kranken Verwandten erzählt, allerdings habe ich nicht mitbekommen, dass eine Nachricht für sie eingetroffen wäre.“

„Glaubst du, die Übergabe hat stattgefunden?“, fragte Jenners.

Andrews griff in seine Tasche, zog die Papiere heraus und warf sie Jenners zu, der sich einmal mehr auf seinem Bett lümmelte. „Nur, wenn sie sie an Miss Hunt verkauft hat. Die habe ich heute Morgen in Miss Hunts Zimmer gefunden.“

„Und wo ist Miss Hunt?“, wollte Smith wissen. „Sie ist nicht zusammen mit ihrem Mädchen abgereist.“

„Nein, sie ist noch hier.“

„Glaubst du, das Dienstmädchen hat die Papiere im Koffer ihrer Herrin versteckt, um sie dort bis zur Übergabe sicher aufzubewahren? Und vielleicht hat sie bemerkt, dass sie verschwunden sind, und ist daraufhin geflüchtet?“, mutmaßte Jenners.

Andrews zitterte am ganzen Körper. War es möglich, dass Miss Hunt unschuldig war? Er hoffte es inständig, und doch … sollte das der Fall sein, dann war sein Verhalten unentschuldbar. Wenn sie wirklich die Tochter der einflussreichen Hunt-Familie war, dann hatte er gerade seine gesamte Karriere kompromittiert und konnte von Glück sprechen, wenn er für das, was er ihr angetan hatte, nicht selbst nach Australien verschifft wurde. Oh Gott.

„Ich gehe und suche Miss Hunt“, verkündete er abrupt und war erstaunt darüber, wie ruhig seine Stimme klang. „Haltet die Augen offen nach allen, die kommen und gehen.“

„Just in diesem Moment fährt eine Kutsche vor“,

bemerkte Smith, der ans Fenster trat und in den Hof hinunterblickte.

„Ich gehe und suche nach Miss Hunt", wiederholte Andrews. Er konnte keine Sekunde länger in diesem erstickenden Zimmer bleiben. Eilig verließ er das Zimmer und lief die Treppe hinunter. Am Fuß der Treppe angekommen, erblickte er die einzige Person, die er in diesem Moment ganz und gar nicht sehen wollte. Sie stand neben Lady Westerfield in der Eingangshalle und wartete anmutig darauf, die Neuankömmlinge zu begrüßen. Sie hatte ihn noch nicht entdeckt – die Gastgeberin jedoch schon.

„Oh, Lord Darlington!", rief Lady Westerfield. „Kommen Sie, Sie müssen Mr. und Mrs. Hunts Bekanntschaft machen. Sie sind gerade eingetroffen."

Wäre er eine Frau, wäre er in diesem Moment in Ohnmacht gefallen. Sein Kopf drehte sich, Schweißperlen rollten ihm über den Rücken und ein Wackerstein lag ihm mit einem Mal im Magen. Er war zu beschämt, als dass er Miss Hunt überhaupt ansehen konnte, und dennoch spürte er ihre Nervosität.

Der Butler bat die Hunts ins Haus, und die beiden Frauen traten vor und begrüßten sie, bevor Lady Westerfield ihn vorstellte. Er wusste, dass er blass wirken musste, denn trotz seiner feuchten Hände fröstelte ihn. Irgendwie schaffte er es, Mr. und Mrs. Hunt zu begrüßen, auch wenn er nicht wusste, was er sagte. Als er einen Blick auf ihre Tochter riskierte, trafen sich ihre Blicke und sein Magen überschlug sich. Sie musterte ihn, und die intelligente Beurteilung in ihren Augen verstörte ihn umso mehr. Er wollte mit ihr sprechen, doch er wusste einfach nicht, was er sagen sollte.

Das Schlimmste war, dass er sie noch immer nicht von der Liste der Verdächtigen streichen konnte, auch wenn er sie nun für unschuldig hielt. Wenn es um sie ging, konnte er seinem eigenen Urteil einfach nicht trauen. Schließlich hatte er die Papiere in ihrem Zimmer gefunden. Was eine Entschuldigung zu einer sehr heiklen Angelegenheit machte.

Unter irgendeinem Vorwand flüchtete er aus der Eingangshalle. Er wartete nur auf Lord Westerfields oder Mr. Hunts Aufforderung zu jenem Gespräch, das seine Karriere beenden und jegliche Chance, Miss Hunt den Hof machen zu dürfen, zunichtemachen würde.

Nein, er hatte ihrer Zuneigung bereits selbst ein Ende gesetzt, ganz unabhängig davon, welches Ende seine Karriere nehmen würde.

———

DARLINGTON HATTE ZUTIEFST ERSCHÜTTERT AUSGESEHEN. Sein blasses Gesicht hatte sie unmissverständlich an einen ungezogenen Schuljungen erinnert. Seine Augen waren groß und rund gewesen, und auf seiner Stirn hatten Schweißperlen geglänzt. Als sich ihre Blicke getroffen hatten, hatte er sie stumm um Vergebung angefleht. Hätte er auch nur ansatzweise spottend ausgesehen, hätte ihre Demütigung bei ihrer jüngsten Begegnung sie nun dazu verleitet, ihn anzufahren. Doch scheinbar hatte das Eintreffen ihrer Eltern bewiesen, dass sie nicht die Kriminelle war, für die er sie gehalten hatte, und seine offenkundigen Selbstvorwürfe über seine Fehler hatten sie erweicht.

Er war aus ihrer Gegenwart geflohen. Zum Abendessen tauchte er auf, war jedoch ausgesprochen wortkarg. Lady Westerfield hatte sie erneut nebeneinandergesetzt, doch keiner von ihnen sagte auch nur ein Wort zum anderen – oder zu einem der anderen Gäste. Das schweigsame Essen war von Anspannung erfüllt, und das unangenehme Knistern zwischen ihnen wuchs mit jeder Sekunde an.

Sie sind die einzige Frau, der ich jemals den Hof machen wollte.

Immer wieder hallten seine Worte durch ihre Gedanken

und verwandelten die Schmerzen ihres wunden Hinterns in ein sinnliches Kribbeln der Erregung und der Leidenschaft.

Sie wissen wirklich nicht, wie schön sie sind.

Seine Emotionen hatten so echt gewirkt, seine Worte so aufrichtig. Auch wenn sie wütend auf ihn sein sollte, weil er sie so grausam behandelt hatte, bedauerte sie nicht eine einzige Sekunde davon. Nicht einmal das schneidende Beißen der Gerte, die er so gnadenlos geschwungen hatte.

Ich glaube, Sie finden meine Bestrafung erregend.

Das hatte sie in der Tat getan. Was hatte das zu bedeuten? Warum sollte es sie erregen, von einem Irren ausgepeitscht zu werden?

Wie durch eine Fügung, um ihr diese Frage zu beantworten, fand sie sich am nächsten Tag allein mit Lady Westerfield im Salon wieder. Ihre Gastgeberin machte eine beiläufige Bemerkung, die Elizas Innerstes erneut in Brand setzte.

„Ich liebe es, so viele Gäste zu haben. Wenn es nach mir ginge, würde ich Sie alle bitten, bis zum Sommer zu bleiben. Allerdings fürchte ich, dass Lord Westerfield mich übers Knie legt, wenn ich so etwas vorschlagen würde!"

Eliza musste an Lord Darlingtons Drohung denken, sie übers Knie zu legen, und nun begriff sie auch den Ausdruck in seinen Augen, als er sie betrachtet hatte. Hungrig. Als ob die Vorstellung, sie übers Knie zu legen, ihn reizte.

„Tun alle Ehemänner … so etwas?"

Sie fürchtete schon, ihre Gastgeberin beleidigt zu haben, doch die Dame lachte nur. „Es ist sicherlich ihr Recht, doch ich glaube, manche finden an diesem Recht mehr Gefallen als andere. Lord Westerfield ist eher streng, doch dagegen habe ich nichts einzuwenden."

„Warum?"

„Er ist ein leidenschaftlicher Mann. Für ihn ist es eine Methode, seine Liebe zu zeigen, schätze ich. Wenn er mich bestraft, merke ich immer, wie wichtig ich ihm bin, denn dann genieße ich seine volle, ungeteilte Aufmerksamkeit."

„Würden Sie seine Aufmerksamkeit nicht lieber auf eine andere Weise erfahren?"

Lady Westerfield zuckte mit den Schultern. „Ich genieße sie auf jegliche Weise, schätze ich", erwiderte sie und schenkte ihr ein neckendes Lächeln. „Aber ich möchte seine Disziplinierung nicht missen, nein. Es passiert etwas ausgesprochen … Intimes, wenn er mir eine Lektion erteilt. Und darauf folgt immer etwas weitaus Zärtlicheres", erklärte sie und hob die Augenbrauen, um ihre Unanständigkeit deutlich zu machen.

Eliza wurde feuerrot. Ihr wunder Hintern kribbelte und ihr ganzer Körper erbebte, als sie das Wort *etwas Intimes* hörte.

„Danach fühle ich mich ihm immer so nah, und ich weiß einfach, dass er mich unendlich liebt. Also ja, es mag seltsam scheinen, doch mir gefällt es, wenn er mich mit harter Hand bestraft."

Sie und Lord Darlington waren *intim* gewesen.

Fühlte sie sich ihm deshalb so verbunden? Tags zuvor zu sehen, wie entsetzt er über sein eigenes Verhalten gewesen war, hatte in ihr das Bedürfnis geweckt, ihm versichernd beizustehen, beinahe so, als wäre er das Opfer in dieser Begegnung gewesen und müsste beruhigt werden. Oder vielleicht wollte sie auch einfach nur sicherstellen, dass er wusste, dass sie noch immer von ihm umworben werden wollte.

Diese Vorstellung ließ sie schwindeln. Wollte sie wirklich, dass ihr Darlington den Hof machte, ein Mann, der kein Lord war, sondern irgendein Meisterspion? Ein Mann, der ihre Unterhose gelüftet und ihr den Hintern mit einer Gerte versohlt hatte? *Und der sie dazu gebracht hatte, es zu genießen?*

Ja. Jetzt vielleicht sogar noch mehr. Sie hatte Gefahr und

Leidenschaft in ihm erkannt, und nun, da sie eine Kostprobe davon erhalten hatte, riefen sie ihr dunkelstes Verlangen. Und etwas an der Art und Weise, wie Lady Westerfield mit ihr sprach, rief in ihr den Wunsch empor, Ähnliches zu erfahren – von Lord Darlington eine Lektion erteilt zu bekommen und innig geliebt zu werden.

„Wie läuft es zwischen Ihnen und Lord Darlington? Ich dachte, ich hätte eine Anziehung gespürt, doch gestern Abend haben Sie kaum miteinander gesprochen."

Lady Westerfield war bekannt dafür, nicht lange um den heißen Brei herumzureden.

„Ich … ich weiß es ehrlich gesagt nicht. Es gab ein Missverständnis, aber womöglich können wir die Wogen glätten."

Lady Westerfield tätschelte ihre Hand. „Ich bin mir sicher, das können Sie. Ich habe gesehen, wie er Sie ansieht, meine Liebe. Ich kann sehen, dass er ganz verzaubert von Ihnen ist."

Eliza schaffte es, ihr ein verwackeltes Lächeln zuzuwerfen. „Das hoffe ich", sagte sie leise. Dann fiel ihr ein, dass Darlington erwähnt hatte, Lord Westerfield wüsste über seine wahre Identität Bescheid, also hakte sie nach. „Was wissen Sie über Lord Darlington, Mylady?"

„Bitte, nennen Sie mich Kitty", bot ihre Gastgeberin an. „Ich weiß nur sehr wenig. Soweit ich es richtig verstanden habe, war er mehrere Jahre außer Landes und ist gerade erst von seinen Reisen zurückgekehrt. Er wollte unbedingt Lord Westerfields Bekanntschaft machen, da sie ähnliche politische Ideale teilen."

„Ich verstehe", erwiderte sie. Sie war enttäuscht, nicht mehr über ihn zu erfahren. Nun denn, dann musste sie ihn eben selbst fragen.

Den Nachmittag verbrachte sie in der Hoffnung, ihm über den Weg zu laufen, doch der Kerl war wie vom Erdboden verschluckt, und mit dem Abendessen stellte sich erneut eine gedrückte Tischgemeinschaft ein, aus der er sich am Ende des Essens überstürzt entschuldigte.

Sie ging auf ihr Zimmer und verfluchte einmal mehr die unerwartete Abreise ihres Zimmermädchens. Das Mädchen arbeitete noch nicht lange für sie, und in Anbetracht der Tatsache, dass sie wegen eines angeblichen Notfalls ohne ein Wort an Eliza einfach verschwunden war, bezweifelte Eliza, dass sie Charlotte überhaupt zurücknehmen würde. Lady Westerfield hatte ihr eine ihrer Angestellten angeboten, doch für heute Abend hatte sie dankend abgelehnt, schließlich konnte sie sich problemlos allein auskleiden. Sowohl ihr Kleid als auch ihr Korsett waren mit einfachen Schnürbändern anstatt mit Haken ausgestattet.

Wie es schien, hatte Lady Westerfield oder ihre allzeit effiziente Mrs. Burling dennoch jemanden geschickt, um ihre Lampe anzuzünden, was eine Erleichterung war. Eliza drückte die Tür hinter sich ins Schloss und trat an den Kleiderschrank. Eine große Hand presste sich auf ihren Mund und erstickte ihren Schrei.

———

„ICH WERDE IHNEN NICHTS TUN", flüsterte er leise in Miss Hunts Ohr. „Ich möchte nur unter vier Augen mit Ihnen sprechen. Gestatten Sie mir ein paar Minuten Ihrer Zeit?"

Er hatte das Schloss geknackt und in ihrem Zimmer auf sie gewartet. Er musste unbedingt mit ihr sprechen, bevor ihm seine ganze Welt um die Ohren flog. Falls sie das tat. Noch hatte Miss Hunt niemandem etwas erzählt – was wiederum ein Beweis für ihre Schuld sein konnte. Oder es bedeutete einfach, dass sie zu beschämt war, um darüber zu sprechen. Das war ein Gedanke, der ihn außerordentlich quälte.

Seine Hand auf ihrem Mund verhinderte, dass sie um

Hilfe rief. Als sie zu nicken versuchte, nahm er seine Finger fort, doch sein Arm lag weiterhin eng um ihre Taille und sein Oberkörper presste sich gegen ihren Rücken.

„Wie Sie ganz richtig vermutet haben, bin ich ein Billings-Street-Spion. Ich habe gewisse belastende Dokumente im Futter ihres Schrankkoffers gefunden."

Sie drehte den Hals, und er lockerte den Griff um ihre Taille und drehte sie so, dass sie ihn ansah. Diesmal sah sie entschlossen aus, sich zu wehren, und runzelte empört die Augenbrauen. „Sie wissen, dass ich nichts damit zu tun habe …"

„Ihr Dienstmädchen ist gestern abrupt abgereist. Hat sie Ihnen gesagt, wo sie hin will?"

Es war nicht seine Absicht gewesen, sie zu verhören, doch jahrelanges Training ließen ihm diese Worte wie von allein über die Lippen kommen. Tatsächlich fielen sie ihm leichter als die Entschuldigung, von der er fürchtete, Miss Hunt könnte sie nicht annehmen.

Der Mund fiel ihr auf. „Sie glauben, Lottie …?" Sie schwankte, was ihm die erfreuliche Gelegenheit bot, seinen Arm enger um ihre Taille zu legen und sie an sich zu ziehen. „Ja", stieß sie atemlos hervor. „Ja, ich schätze, sie könnte es gewesen sein – sie ist noch nicht lange angestellt, und ich weiß nur sehr wenig über sie."

Möglicherweise spielte sie ihm etwas vor, doch ihre Worte wirkten aufrichtig. Er atmete tief ein, denn er wusste, dass er es versuchen musste. „Miss Hunt … mein Verhalten Ihnen gegenüber ist unentschuldbar. Ich habe einen schreck-lichen Fehler gemacht. Ich kann nicht auf Ihre Vergebung hoffen, doch ich hoffe, dass Sie … nun …"

Was hoffte er? Dass sie die Arme um seinen Hals werfen und ihn küssen würde? *Ja.* Doch diese Unmöglichkeit einmal ausgenommen … Er hoffte, dass sie nicht zu sehr unter der Erinnerung daran litt, was er ihr angetan hatte.

„Sie haben niemanden über mein Verhalten in Kenntnis gesetzt. Dafür bin ich Ihnen dankbar, und doch …“, er suchte nach den richtigen Worten, „hoffe ich, dass es nicht … Scham ist, die sie schweigen lässt. Ich allein trage die Schuld daran. *Nur* ich.“

Ihre Augen füllten sich mit Tränen, die sie eilig zurückblinzelte.

Sein Herz zog sich zusammen. Er hatte sie gedemütigt. Er hatte ihre Unschuld besudelt, als ob er sie vergewaltigt hätte.

Er nahm ihr Gesicht in die Hände. „Ich flehe Sie an, mich anzuprangern. Es gibt nichts, wofür Sie sich zu schämen brauchen.“

„Wären Sie jemand anders, hätte ich Sie augenblicklich angeprangert“, erklärte sie und richtete sich auf.

Es dauerte einen Moment, bevor er ihre Worte entschlüsselt hatte, doch als er das getan hatte, ließ ihn das Rauschen in seinen Ohren beinahe in die Knie gehen. Er griff nach ihrer Hand und hielt sie an sein Herz. „Wollen Sie damit etwa sagen“, fragte er und seine Stimme brach, „dass Sie etwas für mich empfinden?“

„Ja, Mylord“, versicherte sie, dann verbesserte sie sich eilig. „Ja, Sir, meine ich natürlich.“

Er presste seine Lippen auf ihre und legte die Hand auf ihren Hinterkopf, damit sie für seine Plünderung still hielt. „Süße Elizabeth“, sagte er heiser, als sich ihre Lippen voneinander lösten.

„Eliza“, korrigierte sie ihn.

„Süße Eliza.“ Einmal mehr eroberte er ihren Mund, leckte über ihre Lippen und kostete den berauschenden Geschmack ihrer scheuen Erwiderung.

Er zog sie hinüber zum Bett, wo er Platz nahm und sie auf seinen Schoß setzte. „Können Sie mir jemals verzeihen? Sie müssen so verwirrt gewesen sein, so erschrocken.“ Mit der Daumenkuppe streichelte er über ihre Wange.

Ihre Lippen verzogen sich in ein schiefes Grinsen. „Womöglich verzeihe ich Ihnen, wenn ich endlich wieder sitzen kann."

Er gluckste und seine Hand wanderte zum oberen Ende ihres Hinterns, zu der Stelle, die er in dieser Position streicheln konnte. Die Form ihrer runden Backen unter seiner Hand ließ seinen Schwanz aufwachen. Er erinnerte sich daran, wie sie mit entblößten Backen ausgesehen hatte und wie der süße Honig ihrer Erregung auf ihren Oberschenkel getropft war. Es hatte ihm gefallen, sie auszupeitschen. Gott stehe ihm bei, und wie es ihm gefallen hatte. Ihre scheuen Schreie und ihr Keuchen, die roten Striemen auf ihrer blassen Haut. Warum um alles in der Welt sollte es einen Mann erregen, Schmerzen auszuteilen? Er hatte immer schon gewusst, dass mit ihm etwas nicht stimmte.

Doch nein – Eliza war ebenfalls erregt gewesen. Und hier saß sie nun auf seinem Schoß, ohne zu protestieren, und erklärte sich einverstanden damit, von ihm umworben zu werden. Sie mochte schmollen, aber es konnte ihr nicht so viel ausgemacht haben, dass sie ihn nicht wieder willkommen hieß.

Noch einmal drückt er ihren Hintern, dann, als die Lust durch ihn hindurchschoss, schob er sie von seinem Schoß und stand auf. „Ich sollte Ihr Zimmer verlassen, bevor ich noch etwas viel Unanständigeres tue", erklärte er heiser.

Er beugte sich hinunter und drückte ihr einen schnellen Kuss auf die Lippen. „Wenn diese ganze Sache vorbei ist, spreche ich mit Ihrem Vater", versprach er. Dann drückte er sein Ohr gegen die Tür, und als er sich sicher war, dass niemand auf dem Flur war, huschte er durch die Tür und verschwand. Sein Schwanz schmerzte vor Verlangen.

DRITTES KAPITEL

„Darling, dein Vater hat Neuigkeiten für dich", begrüßte ihre Mutter sie, als sie von ihrem Morgenspaziergang zurückkehrte, auf dem sie – sehr enttäuschend – nicht von einem adretten, jungen Spion aus der Billings Street aufgehalten worden war.

Die Augen ihrer Mutter tanzten heiter, als ob sie ganz aufgeregt über eben jene Neuigkeiten wäre.

„Ja, Vater?"

„Komm, lass uns in die Bibliothek gehen", schlug er mit einem Zwinkern vor.

Ein Schauder der Vorfreude ergriff sie. Hatte Darlington ihren Vater etwa schon um ihre Hand gebeten? Sie raffte ihre Röcke und raschelte aus dem Zimmer.

„Ein Gentleman hat Interesse daran bekundet, dir den Hof machen zu dürfen, Liebes", erklärte ihr Vater, nachdem ihre Mutter auf dem Sofa und sie auf einem Sessel Platz genommen hatten.

„Oh?", fragte sie und versuchte, ganz unschuldig zu klingen.

„Ja. Er ist nicht sicher, ob seine Avancen willkommen sind, doch er scheint sehr von dir eingenommen zu sein.“

Ihr Puls raste und sie bemühte sich, nicht augenblicklich loszustrahlen.

„Nun, was hast du ihm geantwortet?“

„Willst du nicht zuerst wissen, um wen es sich handelt?“

Oh, natürlich. Das durfte sie noch nicht wissen. Sie mahnte ihre Finger in ihrem Schoß, endlich still zu halten. „Nun, ja! Wer ist es denn?“

„Lord Auburn!“

Es dauerte volle drei Sekunden, bis sie die Worte ihres Vaters begriff. Und als sie das tat, fiel ihr der Mund auf. „Lord Auburn?“

Ihre Mutter strahlte sie an. „Ist das nicht wundervoll, Liebes?“

Eine Mischung aus Zorn und Angst erfüllte sie. „Nein“, stammelte sie. „Das ist nicht wundervoll!“

„Nun, nun, warum denn nicht?“

„Weil …“, sagte sie mit glühenden Wangen, „weil er – nun, er …“

„Er hat mir erzählt, dass er verfrühte Annäherungsversuche unternommen hat“, unterbrach ihr Vater. „Er befürchtet, dass er dich abgeschreckt hat, und dafür hat er sich bei mir entschuldigt.“

„Er hat sich bei dir entschuldigt?“, wiederholte sie perplex. Ihre Schläfen pochten. „Bei mir hat er sich nicht entschuldigt, noch hat er überhaupt je versucht, sich mit mir zu unterhalten! Und wenn er so interessiert an mir ist, wie er behauptet, dann nur deines Vermögens wegen, nicht aus dem wirklichen Wunsch heraus, den Rest seines Lebens mit mir zu verbringen.“

„Eliza, wie kannst du so etwas nur sagen?“, tadelte ihre Mutter.

„Weil es die Wahrheit ist!“

„Sicherlich nicht. Er ist ein ganz charmanter junger Mann und wirkt sehr ehrlich. Nur weil du selbst keine hohe Meinung von dir hast …"

„Das ist nicht der Grund!", unterbrach sie ihre Mutter und wurde laut.

„Beruhige dich, Eliza", meldete sich ihr Vater mit ruhiger Autorität zu Wort.

„Ich werde mich nicht beruhigen! Also, was hast du ihm gesagt, Vater?"

„Nun, mir war nicht bewusst, dass du nicht empfänglich für sein Werben sein würdest", erklärte ihr Vater mit einem Anflug von Verurteilung in seiner Stimme.

Sie blickte ihn finster an. „Ich sage dir noch einmal, er hat sich unanständig verhalten. Er hat versucht, mich in genau dieser Bibliothek zu küssen. Lord Darlington hat mich gerettet, ansonsten weiß ich nicht, was noch passiert wäre. Vielleicht hatte er beabsichtigt, mich in Schwierigkeiten zu bringen, damit dir keine Wahl bleibt, außer deine Zustimmung zu geben."

Ihre Eltern starrten sie an, als ob ihr ein Geweih gewachsen wäre.

„Lord Auburn hat mich zudem vor Lord Darlington gewarnt. Er glaubt nicht, dass der Mann der ist, der er zu sein vorgibt", fuhr ihr Vater nach einem Moment fort.

Sie bemühte sich, ihren Atem zu beruhigen, und biss die Zähne zusammen. „Lord Darlington ist ein tadelloser Gentleman, unabhängig davon, ob er der ist, der er zu sein vorgibt, oder nicht", behauptete sie bestimmt.

„Was soll das heißen? Eliza, du benimmst dich wie eine alberne Gans!", schalt ihre Mutter und sah sie bemitleidend an.

„Nein, tue ich nicht! Du bist eine alberne Gans!", platzte sie heraus und sprang auf die Füße. „Ich möchte nicht, dass mir Lord Auburn den Hof macht. Ich werde keinen Mann heiraten, der einen solchen Mangel an Anstand an den Tag legt."

„Eliza …" Die tiefe Stimme ihres Vaters folgte ihr aus dem Zimmer, doch als sie an der Tür angekommen war, hörte sie sein kapitulierendes Seufzen, also drehte sie sich nicht noch einmal um, um Rede und Antwort zu stehen.

Im breiten Korridor angekommen, mied sie die Versammlung der Gäste im Salon und stahl sich stattdessen für einen weiteren einsamen Spaziergang in die Gärten. Ihre Enttäuschung könnte nicht größer sein. Lord Auburn hatte um Erlaubnis gebeten, ihr den Hof machen zu dürfen? Allein bei der Vorstellung wollte sie ihn am liebsten ohrfeigen!

Über eine Stunde lief sie in den weitläufigen Gärten auf und ab, bis sich ihr Herzschlag endlich beruhigt hatte und sie wieder ausreichend Luft zum Atmen bekam – oder zumindest so viel, wie es ihr Korsett erlaubte. Auf dem Weg zurück zum Haus dachte sie über ihr Dilemma nach. Womöglich würde auch Darlington bald mit ihren Eltern sprechen. Doch würden sie ihn eher akzeptieren als Lord Auburn? Als Lord Darlington möglicherweise schon, doch als Meisterspion? War er überhaupt ein Meisterspion oder nur ein gewöhnlicher Geheimagent? Seine natürliche Autorität hatte sie dazu verleitet, ihm den Titel „Meisterspion" zu verpassen, doch in Wirklichkeit war das lediglich Spekulation. Sein jährliches Einkommen konnte nicht besonders hoch sein. Trotzdem, das machte ihr nichts aus. Ihr Vater besaß ein ansehnliches Vermögen, sollte sie jemals etwas brauchen. Und abgesehen davon war sie Einzelkind. Doch würde er ihre Partie mit Darlington gutheißen? Er war immer sehr ambitioniert gewesen und hatte Tag und Nacht gearbeitet, um sein Imperium aufzubauen. Auch für sie hegte er Ambitionen. Und in die oberen Zehntausend einzuheiraten, wäre sein Meisterstreich.

Als sie das Grundstück betrat, mied sie die Gesellschaftsspiele auf dem Rasen und schlich sich unbemerkt in die Bibliothek, um ein Buch auszuwählen, mit dem sie sich auf ihr Zimmer zurückziehen konnte. In diesem Moment konnte sie den Druck der Gesellschaft einfach nicht ertragen.

„Verstecken Sie sich?" Lord Darlingtons voller Bariton ließ sie zusammenzucken.

„Nein. Nun. Ja, vielleicht." Sie warf einen Blick über die Schulter und schenkte ihm ein schüchternes Lächeln.

„Warum? Ich habe Ihre Gesellschaft vermisst."

Seine Worte schmeichelten ihr, doch die Aufregung des Morgens verhinderte, dass sie sich seinem Charme geschlagen gab. „Lord Darlington, was sind Ihre Absichten mit mir?"

„Ich beabsichtige, Ihnen den Hof zu machen, sobald diese Angelegenheit geklärt ist. Ich dachte, damit wären Sie einverstanden?"

„Das müssen Sie nicht tun, wissen Sie?", platzte sie hervor.

Verblüfft zog er die Augenbrauen hoch.

„Ich meine …", stammelte sie. „Ich weiß, dass Sie der Überzeugung sind, mich im Pförtnerhaus entehrt zu haben. Also haben Sie bestimmt das Gefühl, mir verpflichtet zu sein. Um mich vor einem Skandal zu bewahren. Oder um die Freiheiten, die Sie sich mit mir genommen haben, wieder gutzumachen … damit ich meinen Eltern nichts davon verrate."

Mit zwei langen Schritten schloss er die Lücke zwischen ihnen und blickte sie stirnrunzelnd und finster an. „Was wollen Sie damit sagen, Eliza?"

Ihren Vornamen aus seinem Mund zu hören, ließ sie erschaudern. „Ich will damit nur sagen, dass Sie das nicht tun müssen. Sie haben mich nicht entehrt. Meine Unschuld ist intakt und ich verspreche Ihnen, dass ich niemandem erzählen werde, was zwischen uns vorgefallen ist. Sie brauchen sich nicht verpflichtet zu fühlen …"

„Verpflichtet?", wiederholte er und griff nach ihren Schultern. „Sie glauben, ich will Sie aus einem Pflichtgefühl heraus heiraten? Um Ihre Ehre wiederherzustellen?"

Sie starrte zu ihm auf und hoffte inständig, er würde dieser Vermutung widersprechen.

Er tat weitaus mehr. Er zog sie zum Sofa, nahm darauf Platz und warf sie über sein Knie wie ein Kind. Augenblicklich begriff sie seine Absichten, und seltsamerweise sträubte sich nichts in ihr dagegen. Er stülpte ihre Röcke und Unterröcke hoch und riss den Schlitz ihrer Unterhose auf. Erst, als seine flache Hand auf ihrem Hintern landete, begann sie, sich zu wehren. Der Schmerz hatte eine angemessenere Reaktion in ihr ausgelöst.

Sein Arm schlang sich um ihre Taille und hielt sie fest, während seine große Hand unablässig Hiebe auf ihre nackte Haut herunterregnen ließ.

„Autsch! Aua! Aufhören!", rief sie, entrüstet vom Brennen der Schläge. Ihr Hintern hatte sich gerade erst von Darlingtons erstem Angriff auf ihre zarte Haut erholt. „Oje!" Die schneidenden Hiebe hallten durch das Zimmer, und sie fürchtete, jemand könnte sie ertappen. „Bitte! Man wird uns hören!"

———

„WANN IMMER SIE ALBERN SIND, Eliza, werde ich Ihnen den Hintern versohlen", erklärte er und überraschte sich selbst mit seiner Dreistigkeit. „Warum haben Sie zwischen gestern Abend und heute entschieden, dass ich Sie nicht liebe?"

Sie hielt in ihrem Strampeln inne, stieß ein leises Wimmern aus und erstarrte, als ob sie auf mehr warten würde.

„Sie haben ganz richtig gehört", sagte er und machte mit einer neuen Salve Schläge weiter. „Ich liebe Sie, süße Eliza. Ich möchte Sie heiraten. Und ich dachte, auch Sie würden etwas für mich empfinden."

„Das tue ich!", rief sie. Ihr süßer Hintern wand sich auf seinem Schoß, um seinen Hieben auszuweichen. Das cremige Weiß ihre Haut färbte sich langsam herrlich rot, und dieser Anblick verlieh ihm ein schwindelerregendes Gefühl männlicher Macht. Zu wissen, dass Eliza sein war – oder es bald sein würde –, damit er sie gleichermaßen anbeten und züchtigen konnte, ließ ihn vor Vorfreude schwindeln.

„Warum haben Sie an meinen Worten gezweifelt?", fragte er, ohne in seinen gleichmäßigen Hieben innezuhalten.

„Ich … ich weiß es nicht!"

Er schlug fester zu. „Das reicht nicht! Ich glaube, Eliza, Sie haben die Tendenz, Ihren Wert infrage zu stellen. Und das werde ich nicht länger erlauben."

„Oooh-oh!", erklang ihre gedämpfte Erwiderung, begleitet vom Wackeln ihres Hinterns über seinem harten Schwanz.

Er schluckte ein Stöhnen hinunter, hielt inne und streichelte mit der Hand über ihre erhitzte Haut. „Ich werde Sie ganz genau wissen lassen, wie atemberaubend ich Sie finde", erklärte er. Die Bewunderung für ihre Reize ließ seine Stimme belegt und voll klingen. „Und wenn Sie es vergessen sollten, werde ich Sie mit harter Hand bestrafen", fuhr er fort und verpasste ihr wie zur Bestätigung drei feste Schläge.

Sie wimmerte.

„Tatsächlich werde ich Ihren Hintern mit einem Lederriemen versohlen, wenn Sie es das nächste Mal vergessen", versprach er. Er wollte gerade ihre Unterhose schließen, als der Duft ihrer Erregung in seine Nase stieg. Als er einen schnellen Blick zwischen ihre Beine warf, zwischen denen ihre verlockenden Lippen hervorschauten, sah er, dass sie vor Feuchtigkeit glänzten.

Oh Gott.

Seine Finger, die üblicherweise in jeder Situation ruhig waren, begannen leicht zu zittern, als er damit über die vollen Rundungen ihres Hinterns streichelte, zu ihren Beinen hinunterwanderte und schließlich zwischen ihren Schenkeln verschwand. Sein Mittelfinger berührte ihr Geschlecht und beide schnappten sie nach Luft. Zu seiner großen Überraschung presste Eliza die Beine nicht etwa zusammen und protestierte auch nicht. Tatsächlich ließ sie die Beine auffallen und hob ihren Hintern ein wenig an, um seine Aufmerksamkeit zu ermutigen.

Seine Berührungen waren federleicht. Sein Finger glitt über ihren feuchten Schlitz, sein Schwanz drängte gegen ihre Hüfte und sein Atem ging stockend. Mit der Fingerkuppe übte er ein wenig mehr Druck aus, gerade genug, um sie zu erregen, und sie bog sich seiner Hand entgegen.

Der Klang von zwei Männerstimmen ließ Eliza und ihn zusammenfahren. Eliza flog förmlich von seinem Schoß, und er sprang auf die Füße und richtete sie auf. Die Tür zur Bibliothek wurde aufgestoßen, und in der nächsten Sekunde eilte die derangierte Dame bereits darauf zu, deutete einen Knicks zu Lord Westerfield und ihrem Vater an und verschwand, ohne noch einen Blick zurückzuwerfen.

Die beiden Männer starrten ihn finster an. Er blickte ausdruckslos zurück.

„Kommen Sie. Die Männer machen sich gerade zur Jagd auf", erklärte Westerfield und die Autorität in seiner Stimme machte es ihm unmöglich, dieser Einladung nicht zu folgen.

„Ja, Mylord", stimmte er zu und folgte den beiden Männern aus der Bibliothek.

Auch Lord Auburn befand sich in der Jagdgesellschaft, und er und Mr. Hunt beäugten ihn misstrauisch. Er war ausgesprochen wachsam. Er hoffte weiterhin auf eine Gelegenheit, den Käufer der Papiere ausfindig zu machen, sofern Charlotte, Miss Hunts Dienstmädchen, sie nicht ihrerseits abgekauft hatte, bevor sie sie in Elizas Schrankkoffer versteckt hatte. In diesem Falle würde er nach dem Verkäufer suchen müssen. Er seufzte. Seine Informationen waren einfach zu dürftig.

Die Männer schossen Stockenten. Zwei gut trainierte Vorstehhunde wetzten auf Westerfields Befehl hin los und scheuchten die Vögel auf. Andrews hob seine Flinte in die Luft, zielte und traf eine der Enten. Die Hunde sprinteten zu den gefallenen Vögeln, doch keiner der beiden lief zu Andrews' Ente, also stapfte er selbst durchs hohe Gras, um den Erpel ausfindig zu machen.

Als er ihn entdeckte, hob er ihn an den Füßen hoch, doch das arme Tier war noch nicht verendet. Panisch flatterte es mit den Flügeln. Mit einem schnellen Umdrehen des langen Halses beendete er sein Leiden. Er wollte sich gerade umdrehen und zur Jagdgesellschaft zurückkehren, als sich eine harte, kalte Gewehrmündung gegen seine Rippen drückte.

Das instinktive Verhalten in Gefahrensituationen war nichts, was er erklären konnte. Manchmal erstarrte ein Mann, wenn er eigentlich kämpfen müsste, manchmal kämpfte er, wenn es klüger wäre, sich zu ergeben. In diesem Moment ließ er ohne einen konkreten Gedanken die Ente fallen, wirbelte herum, wich der Mündung aus und krallte die Finger um den Gewehrlauf. In der nächsten Sekunde riss er den Gewehrlauf gen Himmel, um ihn dem Angreifer über den Schädel zu ziehen. Gerade noch rechtzeitig hielt er inne.

Mr. Hunt duckte sich, wachsam und bereit, dem Angriff auszuweichen.

Andrews seufzte, ließ das Gewehr sinken und reichte es

Mr. Hunt an. „Wollten Sie mich erschießen, Hunt, oder mir lediglich drohen?"

Der ältere Mann warf ihm einen grimmigen Blick zu und schnappte sich die Waffe. „Ich wollte wissen, was zur Hölle Sie mit meiner Tochter in der Bibliothek getrieben haben."

Sein Ausdruck verriet nichts. „Ich möchte sie heiraten." Er hatte nicht beabsichtigt, auf Elizas Eltern zuzutreten, bevor er es unter seinem echten Namen tun konnte, doch er konnte auch nicht anders, als in diesem Moment seine Absichten zu erklären.

Hunt runzelte die Stirn. „Was für ein Spiel treiben Sie, Darlington?"

„Es ist kein Spiel."

Elizas Vater musterte ihn aus schmalen Augen. „Woher rührt Ihr Interesse an meiner Tochter?"

Diese Frage irritierte ihn, auch wenn sie nicht zwangsläufig eine Kränkung Eliza gegenüber war. „Warum sollte ich kein Interesse an ihr haben?", gab er zurück. Von Natur aus misstrauisch, fragte er sich nun, ob Hunt womöglich der Verräter war und den Schrankkoffer seiner Tochter als Transportmittel missbraucht hatte. Der Mann wirkte wenig überrascht über die Schnelligkeit, mit der Andrews' Gegenangriff ausgeführt worden war.

„Wer sind Sie wirklich, Darlington?"

Seine Augen wurden schmal. „Ein Mann, der nach Gerechtigkeit strebt", warnte er, für den Fall, dass Hunt sein Mann war.

„Ziehen Sie sich nicht noch einmal mit meiner Tochter in ein Zimmer zurück."

Das konnte er nicht versprechen. Wenn sich die Dinge so entwickelten, wie er hoffte – wenn Eliza nicht die Verräterin war und ihn gehörig zum Narren hielt –, dann beabsichtigte er, sich für den Rest seines Lebens mit ihr in Zimmer zurückzuziehen. Doch ihren Vater zu brüskieren, würde ihn diesem Ziel nicht näherbringen. Er entschied sich also richtig, statt einer Antwort nur einen Bückling anzubieten. Hunt starrte ihn noch einen Augenblick länger finster an, dann marschierte er davon, die Flinte in der Hand.

Auch Westerfield nahm ihn später ins Gebet. Als sie von der Jagd zurückgekehrt waren, rief er ihn in sein Büro. „Ich habe Ihnen den Zugang zu meiner Gesellschaft nicht gestattet, damit Sie den Damen den Hof machen können", zischte er.

„Nein, Mylord, noch war es meine Absicht, den Verehrer einer Dame zu spielen."

„Also?"

Er fingerte an seiner Taschenuhr herum. „Man weiß nie, wann die Liebe zuschlägt."

Er erwartete keine Antwort, doch ein kurioser Ausdruck huschte über Westerfields Gesicht. „Nein, das weiß man nicht", stimmte er zu. „Konnten Sie irgendwelche Fortschritte verzeichnen?"

Ja, und die Frau, die ich liebe, ist noch immer eine der Hauptverdächtigen.

„Geringfügig. Wir konnten die Dokumente sichern, haben allerdings noch nicht ausreichend Beweise, um den Täter zu verhaften."

„Ich verstehe. Darf ich fragen, wo Sie die Dokumente gefunden haben?"

Er musterte seinen Gastgeber. Den Verdacht gegen Miss Hunt einzugestehen, nachdem er gerade behauptet hatte, sie zu lieben, würde ihn als ihren Verehrer nicht empfehlen. „Ich bedaure, dass ich Ihnen diese Informationen nicht mitteilen kann, Mylord. Ich danke Ihnen für Ihre Geduld. Ich hoffe noch immer, heute Nacht während der vereinbarten Übergabezeit mehr herauszufinden."

———

„LORD AUBURN HAT sein Interesse an mir bekundet", informierte sie ihren bevorzugten Verehrer leise. Sie saßen gerade beim großen Diner anlässlich des „Iden des März"-Balls. Auburn saß neben ihrer Mutter und betörte die ältere Dame mit seinem geistreichen Geschwätz, während er gleichzeitig keine Gelegenheit ungenutzt ließ, ihr und ihrem Vater ein strahlendes Lächeln über den Tisch hinweg zuzuwerfen.

Darlington saß stocksteif neben ihr und warf seinem Konkurrenten finstere Blicke zu. „Ich hätte ihm die Nase brechen sollen", murmelte er, und sie musste ein Kichern unterdrücken.

Ihre Mutter warf ihnen einen missbilligenden Blick zu. Eliza zuckte lediglich mit den Schultern.

Nach dem Essen servierte Lady Westerfield Schokolade als Dessert, ein heißes Getränk, das in winzigen Tässchen serviert wurde.

Elizas Vater nahm seine Tasse und reichte sie ihr an. „Gib die Darlington. Ich möchte keine Schokolade", erklärte er. Sie kam seiner Aufforderung mit automatischem Gehorsam nach, wie es sich für eine gute Tochter gehörte, und Darlington nahm die Tasse ebenso automatische entgegen, denn er war ganz und gar auf Lady Westerfield fokussiert, die ihn etwas gefragt hatte. Erst, nachdem Eliza ihre eigene Tasse vom Diener erhalten hatte, wurde ihr bewusst, wie seltsam die Bitte ihres Vaters gewesen war. Warum hatte er seine Tasse nicht einfach ihr angeboten, anstatt sie für Darlington zu bestimmen?

Ihr Blick wanderte zu ihrem Vater, der ganz gefesselt von Lord Auburns Monolog zu sein schien. Dann fiel ihr Blick in Darlingtons Tasse. Wie die meisten Gäste, sie selbst mit eingeschlossen, hatte er die dicke, süße Flüssigkeit in wenigen Schlucken hinuntergekippt. Auf dem Boden seiner

Tasse formte sich ein öliger Rückstand, der anders aussah als der Satz in ihrer Tasse.

Wie immer konnte sie vor Darlington nichts verheimlichen. Er bemerkte ihren Blick, folgte ihm und verglich die beiden Tassen. Dann hob er seine Tasse an die Nase, schnüffelte daran und zuletzt flog sein Kopf zu ihr herum und er musterte sie mit einem unergründlichen Ausdruck. Ihr Herz hämmerte schmerzhaft in ihre Brust und ihr Korsett schnitt in ihre Rippen, als sie versuchte, Luft zu bekommen. Ihre Finger waren eiskalt und alles Blut rauschte aus ihrem Gesicht.

Ihr Vater. Der Verräter.

Wie war das möglich? Hatte er etwa gerade den Mann vergiftet, den sie liebte? Und das Schlimmste von allem – Darlington glaubte nun, *sie* hätte ihn vergiftet.

Kaum erhob sich Westerfield, um das Ende des Diners und den Startschuss des Balls und der Festivitäten zu signalisieren, schob Darlington seinen Stuhl zurück und sprang auf. Er nahm sich noch die Zeit, ihr mit ihrem Stuhl zu helfen, doch dann verbeugte er sich eilig und murmelte: „Bitte entschuldigen Sie mich", bevor er mit drei langen Schritten aus dem Speisesaal flüchtete.

Sie folgte ihm aus dem Zimmer, doch er war bereits verschwunden. Gerade wollte sie zu seinem Zimmer gehen, als sie ihn draußen vor dem Fenster erblickte, wie er durch den Garten taumelte. So schnell sie konnte, eilte sie hinaus, stolperte über die Steinschritte und unterdrückte nur mit Mühe ihren Schrei, als sie ihn zusammengebrochen hinter einer Reihe Büsche entdeckte.

Sie kniete sich neben ihn und ein Schluchzen stieg in ihr auf. „Darlington! Oh Gott, Darlington."

„Ich hoffe, Sie verstehen, wenn ich Sie jetzt auffordere, sich von mir fernzuhalten", murmelte er. Seine Stimme ließ

Tränen in ihre Augen steigen. Er atmete noch, doch sein Gesicht war blass und auf seiner Stirn stand kalter Schweiß.

Sie krabbelte über ihn und zerrte an seiner Ascotkrawatte, um den Knoten zu lösen. Darlington hob den Arm, holte aus und ließ seine Hand auf ihren Hintern niedersausen. „Ich habe gesagt, Sie sollen sich von mir fernhalten", krächzte er.

„Das werde ich nicht tun", widersprach sie und durchsuchte seine Taschen nach einem Schnupftuch, während er ihrem Hintern einen weiteren Hieb verpasste.

„Sie haben einfach den perfekten Arsch für ein Spanking", lallte er.

Sie riss vor Schreck die Augen auf.

„Ich weiß – wie unanständig von mir. Ich war nichts als unanständig mit Ihnen, nicht wahr? Und trotzdem sind Sie noch hier. Was entweder Ihre Schuld oder Ihren Wahnsinn beweist. Liebste Eliza, ich möchte Ihnen nicht den Hals brechen müssen", sagte er. „Also verschwinden Sie jetzt besser."

Die Tatsache, dass er sie für eine Mörderin hielt und dennoch nicht mehr tat, als ihr den Hintern zu versohlen, erstaunte sie. Andererseits war er in diesem Moment auch nicht bei Sinnen. „Ich möchte auch nicht, dass Sie mir den Hals brechen, Mylord", erwiderte sie und tupfte seine schweißnasse Stirn mit dem Schnupftuch ab. „Doch ich kann Sie nicht einfach sterben lassen. Bitte glauben Sie mir – ich hatte nichts mit Ihrer Vergiftung zu tun. Ich meine – ich weiß, ich habe Ihnen die Tasse angereicht, aber ich wusste nicht, dass sie Gift enthielt, bis Sie sie bereits leergetrunken hatten. Und da wussten Sie es auch schon ..." Sie verstummte. Ihr Geplapper würde ihn nicht retten. „Sagen Sie mir, was ich tun soll", sagte sie also stattdessen und gab sich der Tränen geschlagen, die in ihren Augen brannten. „Darlington, was kann ich tun, um Sie zu retten? Gibt es etwas, das ich tun kann?" Ihre Stimme brach und die letzten Worte waren nur noch ein Schluchzen, während die Tränen über ihre Wangen rollten.

Er hob seine Hände zu ihrem Körper, glitt damit über ihr Dekolleté, dann über ihr Korsett, bevor er innehielt und sie auf seinen Schoß zog.

„Was machen Sie denn da?", schniefte sie.

„Suche nach einem Messer", murmelte er. Seine heißen Hände strichen nun über ihre Beine, über den Bund ihrer Unterhose und zuletzt über die Rückseite ihrer Beine.

Er fiel auf die Seite, dann zurück auf den Rücken. Er wirkte wie ein Betrunkener. Zuletzt fand sich Eliza rittlings auf seinem Schoß wieder und starrte hinunter in sein Gesicht. „Ich versichere Ihnen, ich habe keine Waffe. Ich will Sie nicht umbringen, Darlington. Ich habe nichts mit alldem zu tun – das schwöre ich Ihnen."

„Ich schätze, wenn ich schon umgebracht werden muss, dann wenigstens von Ihnen", murmelte er. Seine Finger gruben sich in ihre Taille und er veränderte ihre Position. Als sie merkte, dass sich sein hartes Geschlecht zwischen ihnen befand und ihm ihr Herumzappeln scheinbar Lust bereitete, schnappte sie nach Luft.

Hektisch sprang sie von ihm herunter. „Das ist *wirklich* unanständig", sagte sie, und ihre Stimme klang plötzlich so zitternd, wie sie sich fühlte.

Es fiel ihm sichtlich schwer, sich aufzusetzen, doch er schaffte es, ihren Oberkörper wieder über seinen Schoß zu ziehen.

„Darlington!", rief sie entsetzt aus. Es war unmöglich, sich aus seinem festen Griff zu befreien.

Mit einem brennenden Schlag landete seine Hand auf ihren Hintern. „Mich zu vergiften, ist *definitiv* ein Vergehen, das ein Spanking rechtfertigt", erklärte er.

Trotz ihrer Tränen musste sie kichern. Die ganze Situation war einfach zu lächerlich, als dass sie anders reagieren konnte. Ihr Vater, ein anscheinender Landesverräter, hatte gerade den Mann vergiftet, den sie liebte. Und Darlington seinerseits schien wiederum interessierter daran, ihr den Hintern zu versohlen, als ihr zu verraten, wie um alles in der Welt sie sein Leben retten konnte – oder sich gegen sie zu verteidigen, sollte sie tatsächlich versuchen, ihn umzubringen. Die gleichmäßigen, brennenden Schläge zügelten ihre Panik, bis sie sich auf nichts mehr konzentrieren konnte als auf den feurigen Rhythmus auf ihrer wunden Haut.

Irgendwann hörte Darlington mit dem Spanking auf und schob ihre Röcke hoch. Sie rechnete damit, dass er ihre Unterhose aufziehen und ihr den nackten Hintern versohlen würde, doch er steckte seine Hand lediglich in den Schlitz und streichelte ihre Backen.

„Mylord", sagte sie und versuchte, sich zu befreien.

„Ruhig", erwiderte er. Seine andere Hand glitt zu ihren Haaren und streichelte sie mit einer solchen Zärtlichkeit, dass ihr förmlich das Herz schmolz.

Er konnte ihr nicht widerstehen. Das war von Anfang an sein Problem gewesen. In zehn Jahren als Spion hatte er nicht ein einziges Mal einen derart dummen Fehler begangen, wie eine Tasse auszutrinken, die ihm von einer Verdächtigen angereicht worden war. Hunt hatte seine heiße Schokolade mit Stechapfelextrakt versehen, vermutlich, um ihn außer Gefecht zu setzen und ihn davon abzuhalten, später zu der geplanten Übergabe zu gehen. Die Dosis hatte nicht ausgereicht, um ihn umzubringen, sonst wäre er bereits tot.

Er glaubte an Elizas Unschuld, doch gleichzeitig konnte er seinem eigenen Urteil nicht trauen. Was irgendwie dazu geführt hatte, dass er sie nun über seinen Schoß gelegt und seine Hand in ihre Unterhose gesteckt hatte. Und dieses Mal, während das Gift seine Hemmungen und seinen Anstand dämpfte, beabsichtigte er nicht, seine Finger dort wieder hervorzuziehen. Sein Mittelfinger glitt ihren feuchten Schlitz hinauf und hinunter und drängte behutsam gegen ihre enge Öffnung. Die Muskeln ihrer Oberschenkel spannten sich an und sie bog den Rücken durch. Er verpasste ihr einen Schlag auf den nackten Hintern.

„Lassen Sie einem sterbenden Mann seine letzte Freude", sagte er. Es war gemein, sie glauben zu lassen, das Gift würde ihn umbringen, doch das kümmerte ihn nicht.

Als sie sich erweichen ließ und die Beine für ihn öffnete, zog sich sein Herz vor Liebe zusammen. Ihr Gehorsam, selbst seinen unerhörtesten Forderungen gegenüber, ihre Unterwerfung seiner Bestrafung gegenüber, machte ihn halb wahnsinnig vor Verlangen, sie zu erobern. Doch selbst in diesem halb delirierenden Zustand würde er so weit nicht gehen. Nein, er wollte ihr einfach nur ein wenig Lust bereiten.

Er drang mit seinem Finger in sie ein, zufrieden, als sie erwidernd mit den Hüften kreiste. „Süße Eliza", murmelte er. Sein Finger glitt in sie hinein und hinaus, folgte ihren Erwiderungen und entwickelte ein Tempo, das sich ihrem Verlangen anpasste. Als sie anfing, auf seinem Schoß zu zucken, hielt er ihre Hüfte fest, während er schneller und schneller in sie hineinstieß, bis sie aufschrie, sich aufbäumte und sich ihr enger Schlitz in schnellen Wogen um seinen Finger zusammenzog.

Eine Weile ließ er den Finger noch in ihr stecken, bis ihr Höhepunkt verebbt war und sie schlaff über seinem Körper zusammensackte. Dann zog er sich aus ihr heraus, nahm sie in die Arme und küsste sie mit aller Leidenschaft, die er in seinem Herzen für sie empfand.

„Steh auf, Geliebte. Wir müssen zu diesem Treffen, egal, ob ich doppelt sehe oder nicht." Er stupste sie an und sie erhob sich schwankend auf die Füße, dann erhob auch er sich torkelnd. Er griff nach dem Schnupftuch, drehte Eliza die Arme auf den Rücken und band ihre Handgelenke zusammen. „Tut mir leid, aber ich muss Sie fesseln, bis diese Sache vorbei ist, Darling", erklärte er und band einen schnellen Knoten in das Tuch.

„Glauben Sie mir etwa nicht?", fragte sie, und ein verzweifelter Tonfall schwang in ihrer Stimme mit.

„Natürlich glaube ich Ihnen", versicherte er, griff nach ihrem Ellbogen und führte sie über den Rasen auf das Pförtnerhaus zu. „Doch ich bin in keiner Verfassung, vernünftige Entscheidungen zu treffen."

„Darlington", sagte sie, blieb plötzlich stehen und blickte zu ihm auf. Frische Tränen rollten über ihre Wangen. „Was ist mit meinem Vater? Was wird nun mit ihm geschehen?"

Er nahm ihr Gesicht in die Hände und küsste sie sanft auf die Lippen. „Ich werde mein Bestes geben, damit alles gut ausgeht", versprach er, auch wenn er nicht wusste, wie er das anstellen sollte. Er konnte nur hoffen, dass Jenners und Smith die Dinge besser im Griff hatten, als er es in diesem Augenblick tat.

Als sie am Pförtnerhaus ankamen, war es in der Tat Mr. Hunt, den sie an einen Stuhl gefesselt erblickten und der gerade verhört wurde. Seine Unterlippe war aufgeplatzt und geschwollen, und seine Augen glühten vor Zorn.

„Nett von dir, dass du auch mal auftauchst", begrüßte ihn Jenners. „Was um alles in der Welt ist denn mit dir passiert?", fragte er, als er Andrews' zerknitterten Aufzug bemerkte.

Er hob das Kinn und nickte in Richtung des Gefangenen. „Der da hat mir Stechapfel in die heiße Schokolade gemischt, und ich habe es erst bemerkt, als es bereits zu spät war."

Jenners starrte ihn skeptisch an.

„Ich weiß", gab er klein bei und akzeptierte Jenners unausgesprochene Fassungslosigkeit über seine Dummheit. „Also, was ist um Mitternacht passiert?"

Jenners zerrte am Seil, mit dem Hunt gefesselt war. „Er ist mit einem Geldbündel aufgetaucht. Er behauptet, der Käufer zu sein, nicht der Verkäufer. Sonst ist niemand aufgetaucht. Wir haben gewartet, bis Hunt wieder gehen wollte, und dann haben wir ihn zu dieser kleinen Unterhaltung hier eingeladen."

„Was haben Sie mit ihm gemacht?", fragte Eliza.

Hunt hatte nicht bemerkt, dass seine Tochter in den Schatten abgewartet hatte, und beim Klang ihrer Stimme lief sein Gesicht rot an. „Bringen Sie sie weg von hier! Sie hat nichts mit dieser Sache zu tun! Wie können Sie es wagen, sie in diese Angelegenheit mit hineinzuziehen, nur um mich zu schnappen?"

„Hunt, wenn Sie Ihre Tochter aus dieser Sache raushalten wollten, hätten Sie die Papiere nicht in ihrem Schrankkoffer verstecken sollen", bemerkte Smith und trat nachdrücklich gegen Hunts Stuhl.

„Bringen Sie sie hier raus!", fauchte der Mann erneut.

Eliza reckte das Kinn. Ihre Tränen waren mittlerweile getrocknet. „Nein. Ich habe das Recht, zu erfahren, was hier los ist, Vater. Warum verkaufst du geheime Unterlagen deines Landes?"

Hunt zerrte an seinen Fesseln. „Zum letzten Mal, ich habe nichts verkauft! Ich wollte kaufen. Und ich habe diese Über-gabe arrangiert, um meinem Land zu helfen, und nicht, um ihm zu schaden."

Er zog eine Augenbraue hoch und warf Jenners einen vielsagenden Blick zu. Jenners zuckte mit den Schultern. „Diese Geschichte erzählt er uns schon die ganze Zeit. Behauptet, er hätte ein anonymes Schreiben erhalten, in dem er gefragt wurde, ob er englische Kriegspläne kaufen wolle, einschließlich spezieller Dokumente über Kriegs-schiffe."

Hunt nickte. „Richtig. Allerdings bin ich längst in Besitz dieser Kriegsschiffpläne, weil ich diese Schiffe baue! Also bin ich mit diesem Schreiben zu Magistrat Enton gegangen, und wir haben gemeinsam entschieden, dass ich die Übergabe durchführen sollte, um den Verkäufer in Gewahrsam zu nehmen."

Smith schnaubte leise auf. „Sehr wahrscheinlich! Warum hat der Magistrat denn keinen Wachmann mitgeschickt, um den Verkäufer zu verhaften? Und warum haben Sie Darlington vergiftet?"

Hunt streckte die Brust heraus, so gut das mit hinter dem Rücken gefesselten Armen ging, und erklärte: „Ich bin absolut in der Lage, einen Mann allein in Gewahrsam zu nehmen. Und ich wusste, dass Darlington versuchen würde, sich einzumischen."

„Was hatten Sie denn vor, nachdem Sie den Verkäufer dingfest gemacht haben? Noch mehr vergiftete Schokolade servieren?", spottete Smith. Dann warf er Andrews ein Grinsen zu und bemerkte hinter vorgehaltener Hand: „Hätte nie gedacht, dass *du* auf so etwas hereinfallen würdest. Hat dir womöglich die Dame die Schokolade angereicht?"

Er ignorierte Smith. „Es gibt nur einen Weg, diese Sache aufzuklären", sagte er.

„Dem Mädchen die Zehen abhacken?", bot Smith heiter an, ein Tonfall, mit dem er Hunt Angst einjagen wollte.

„Bringt ihn zum Magistrat, damit der diese Geschichte bestätigt. Ich schlage vor, wir brechen auf der Stelle auf", erklärte er. Wenn sich Hunts Geschichte bewahrheiten sollte, dann würde es Auswirkungen auf ihre Karrieren haben, ihm so übel mitgespielt zu haben. Ganz zu schweigen von seinen Plänen, Eliza zu heiraten.

„Aber wir fangen doch gerade erst mit dem Verhör an!"

„Tut mir leid, Smith. Bitte geh und mach die Kutsche fertig."

Smith zuckte mit den Schultern. „Wenn du darauf bestehst. Aber ich glaube trotzdem, dass ich ihn zum Reden bringen kann."

„Sollte der Magistrat seine Geschichte nicht bestätigen, lasse ich dir freie Hand. Dann kannst du ihn so lange verhören, wie du willst", versprach er.

Smith grinste übers ganze Gesicht und tippte sich an den imaginären Hut, dann verschwand er.

Hinter Elizas Rücken verschränkte Darlington seine Finger mit ihren und drückte sie versichernd. Er betete, dass sich Hunts Geschichte bewahrheitete – Eliza zuliebe.

„Sie lassen Sie jetzt gehen. Ich werde nicht zulassen, dass sie weiter in diese Sache mit hineingezogen wird", forderte Hunt ihn einmal mehr auf.

„Ich habe die gestohlenen Pläne in ihrem Schrankkoffer gefunden, Mr. Hunt", erwiderte er. „Nur wenige Stunden, bevor ihr Dienstmädchen unerlaubt abgereist ist."

Hunt starrte ihn an, und zum ersten Mal an diesem Abend wirkte er aufgewühlt, nicht zornig.

———

„HAST DU DAS GEHÖRT?", fragte ihr Vater sie.

Darlingtons warme Hand legte sich auf ihren unteren Rücken und schenkte ihr Rückhalt, wenngleich sie seine gefesselte Gefangene war.

„Ja."

„Ich meine, du siehst nicht überrascht aus – wusstest du bereits davon?"

„Ja. Lord Darlington hat mich … ähm, *verhört*, nachdem er sie gefunden hatte." Bei der Erinnerung an ihr „Verhör" in genau diesem Häuschen wurden ihre Ohren ganz heiß. Sie musste sich zusammenreißen, um nicht nach der Reitgerte Ausschau zu halten, mit der Darlington ihr den nackten Hintern versohlt hatte.

„Lord Darlington, dass ich nicht lache", spuckte ihr Vater verächtlich aus, zweifelsohne über den falschen Titel. „Binden Sie mich los, Mann!"

„Bitte verzeihen Sie, doch ich kann einem Mann, der meine heiße Schokolade vergiftet hat, nicht trauen", erwiderte Darlington trocken.

Sie hatte diesen Giftanschlag für einen Moment völlig vergessen, so souverän verhielt sich Darlington in dieser Situation. Nun hob sie den Blick. Sein blasses Gesicht und die Schweißperlen, die auf seiner Oberlippe glänzten, verrieten ihr, dass er noch immer unter der Wirkung des Gifts litt.

Draußen vor dem Pförtnerhaus kam klappernd eine Kutsche zum Stehen. Der Mann, der Jenners hieß, schlenderte hinüber zu ihrem Vater und löste seine Hände vom Pfosten, an den er gefesselt war.

Währenddessen zupfte Darlington an dem Schnupftuch, das ihre Handgelenke zusammenband, und löste auch diesen Knoten. „Gehen Sie zurück zum Anwesen und erklären Sie Westerfield und Ihrer Mutter, was vorgefallen ist."

„Nein", widersprach sie, als ihr eine Woge der Verzweiflung die Tränen in die Augen trieb. „Ich komme mit nach London. Ich muss wissen, wie es ausgeht", erklärte sie und flehte ihn stumm an, er möge verstehen. Sie konnte es einfach nicht ertragen, nicht mit Sicherheit zu wissen, ob ihr Vater ein Verräter war oder nicht, und welches Schicksal auf ihn wartete.

Darlington seufzte. „Wie kann ich Ihnen auch nur den geringsten Wunsch ausschlagen, wenn Sie mich so ansehen?", murmelte er, als Jenners ihren Vater zu ihnen führte.

„Ich danke Ihnen."

Er führte sie zur Kutsche und half ihr hinein wie ein perfekter Gentleman. Sie nahm neben ihrem Vater Platz, der permanent über seine gefesselten Hände vor sich hingrummelte. Der bedrohlich dreinblickende Jenners nahm ihnen gegenüber Platz, und zuletzt sank Darlington neben Jenners auf die Sitzbank.

„Fahren Sie am Haus vorbei. Ich muss Westerfield über unsere Abreise informieren, oder Mrs. Hunt wird unnötig in Sorge versetzt werden", wies Darlington den Kutscher an.

„Sie wird völlig außer sich sein, weil Sie mich mitten in der Nacht nach London entführen", schimpfte ihr Vater, doch Darlington ignorierte ihn.

Als die Kutsche vor der Eingangstür hielt und Darlington aussteigen wollte, fiel Jenners' Blick auf ihre Hände. „Warum hast du ihre Fesseln gelöst?", wollte er wissen.

Darlington verdrehte die Augen. „Wenn du mit ihr nicht klarkommst, nehme ich sie eben mit", sagte er bloß und bot ihr seine Hand an. Eliza ergriff sie. Sie zog es vor, in Darlingtons Nähe zu bleiben.

„Na, viel Glück auch!", grummelte Jenners, als sie aus der Kutsche stiegen.

Darlington bot ihr seinen Ellbogen an, und sie hakte sich bei ihm unter. Wieder hatte sie das seltsame Gefühl, ein altes Ehepaar zu sein, das sich gemeinsam den Schwierigkeiten des Lebens stellte.

„Eliza, Darling", sagte Darlington und schlang seinen Arm um ihre Taille, kaum dass die Kutsche nicht mehr zu sehen war.

Die Zärtlichkeit in seinem Tonfall ließ ihr Herz flattern.

„Ich verspreche, dass ich alles versuchen werde, damit diese Sache ein möglichst glimpfliches Ende nimmt. Ich hoffe, das wissen Sie."

Sie blieb stehen und sah ihn an, griff nach dem Aufschlag seiner Jacke und zog ihn für einen entschiedenen Kuss an sich. „Sie glauben meinem Vater also?“, fragte sie, als sich ihre Lippen lösten.

Darlington sah viel nüchterner aus, doch seine Augen waren noch immer nicht fokussiert, und er blinzelte, als ob er sich konzentrieren müsste, um sie klar erkennen zu können. „Es scheint plausibel. Aber ich bin in keinem Zustand, um darüber zu urteilen.“

„Glauben Sie mir?“

Er drehte sich zum Haus um und ging Arm in Arm mit ihr weiter, auf den Eingang des Anwesens zu. „Was glauben Sie denn?“, fragte er zurück und wich ihrer Frage aus.

„Ich glaube, dass Sie mir glauben wollen, jedoch noch nicht alle Zweifel ausräumen können.“

Er warf ihr ein jungenhaftes Grinsen zu. „Ihrem scharfen Verstand entgeht nicht viel, nicht wahr? Können Sie mir meinen letzten kleinen Zweifel verzeihen? Sie haben mich schließlich vergiftet.“

Bevor sie protestieren konnte, betraten sie das Haus und Darlington bat den Butler, Westerfield zu rufen, damit er nicht den Ballsaal betreten und dort womöglich mit anderen Gästen sprechen musste. Als ihr Gastgeber erschien, erklärte Darlington kurz und bündig die Situation. „Wie Sie sehen, können wir nicht länger bleiben, um Mrs. Hunt darüber zu informieren oder unsere Sachen zu packen. Wir müssen auf der Stelle abreisen.“

Westerfield blinzelte. „Nun, was um Himmels willen soll ich Mrs. Hunt nur sagen?“, fragte er, als ob ihm die Aussicht darauf, einer emotional aufgewühlten Frau zu begegnen, Angst einjagen würde.

„Vielleicht kann Lady Westerfield die Nachricht überbringen? Sie wirkt sehr geübt darin, mit Menschen umzugehen.“

„In der Tat“, stimmte Westerfield erleichtert zu. „Ich werde sofort mit ihr sprechen. Anschließend lasse ich Ihre

Sachen packen und nach London schicken. Bitte lassen Sie mich wissen, wie dieser Fall ausgeht."

Darlington und Eliza gingen zurück zur Kutsche. „Ich wünschte, ich könnte neben Ihnen sitzen", murmelte er, als sie sich der Kutsche näherten. „Nicht, dass ich Ihnen viel Trost bieten könnte, aber dennoch wäre ich Ihnen gern eine Stütze."

Wenn man genau hinhörte, lallte er noch immer ein wenig, doch sein Mitgefühl, wenngleich er noch immer unter den Folgen des Gifts litt, berührte sie. Er legte seine große Hand auf ihre Taille, um ihr in die Kutsche zu helfen, und ließ sie einen Augenblick zu lange dort liegen, als ob er Eliza seine Unterstützung versichern wollte. Auch diesmal nahm sie neben ihrem Vater Platz, wie es sich gehörte, und Darlington setzte sich ihnen gegenüber neben Jenners auf die Bank.

Mit einem Ruck fuhr die Kutsche an. Die Laternen schwangen, und niemand sagte ein Wort. Die Stimmung im Innern des Wagens war angespannt und die Luft war zum Schneiden dick. Ihr Vater blickte Darlington und dessen Mann Jenners grimmig an. Jenners seinerseits hatte die Ellbogen auf den Knien abgestützt und warf ihnen bedrohliche Blicke zu.

Ihr lag vor Sorge ein Wackerstein im Magen. War ihr Vater wirklich ein Verräter? Nein. Sie glaubte ihm, auch wenn die Tatsache, dass er Darlington Stechapfelextrakt in die heiße Schokolade gemischt hatte, seiner Geschichte nicht gerade Glaubwürdigkeit verlieh. Sie wünschte, sie könnte einen Moment mit ihm allein sein, um ihn zu fragen, warum er so etwas getan hatte. Was, wenn er ihren Geliebten am Ende tatsächlich umgebracht hätte? Darlington schien es wieder gutzugehen – das Gift hatte ihm lediglich vorübergehend Schnelligkeit und Körperkontrolle geraubt. Womöglich hatte ihr Vater die Dosis tatsächlich richtig eingeschätzt.

Trotzdem, warum sollte ein Mann, der ein Schiffbauunternehmen besaß, überhaupt irgendetwas über Gift wissen?

Sie rang die Hände in ihrem Schoß. Was, wenn er doch schuldig war? Darlington hatte ihr versprochen, alles für ihn zu tun, was er konnte. Doch hieß das am Ende nur, dass er ihn nach Australien schicken würde, anstatt ihn an den Galgen zu bringen? Würde ihr Vater in London womöglich gefoltert werden?

Sie warf Darlington einen verstohlenen Blick zu und ertappte ihn dabei, wie er sie betrachtete. Sein Ausdruck verriet nichts, doch sie erinnerte sich an seine Worte, bevor er ihr in die Kutsche geholfen hatte, und seine Unterstützung gab ihr Aufwind. Und wie zur Bestätigung zuckte in diesem Moment sein Mundwinkel nach oben und schenkte ihr den Geist eines Lächelns.

VIERTES KAPITEL

Ein höllisch schmerzender Tritt von Jenners gegen sein Schienbein weckte ihn auf. Das gleichmäßige Schaukeln der Kutsche und die verweilenden Reste des Stechapfelextrakts hatten es ihm unmöglich gemacht, während der langen Fahrt wach und wachsam zu bleiben. Eliza war längst eingeschlafen, den Kopf an die Schulter ihres Vaters gelehnt. Seine anhaltende Verrücktheit nach ihr rief den Wunsch in ihm empor, den älteren Mann zur Seite zu stoßen und seinen Platz einzunehmen. Er verzehrte sich nach einer Zukunft, in der Eliza seine Frau war und sich an seine Schulter lehnte, in der er den Duft ihrer Haare einatmete und in der das Rascheln ihrer Kleider jede Kutschfahrt versüßte.

Doch fürs Erste konnte er nur darauf hoffen, dass ihr Vater die Wahrheit sagte. Der Morgen graute bereits, als sie London erreichten, und er wies Smith an, direkt zum Büro des Magistrats zu fahren. Er wollte Eliza nicht verletzen, indem er ihren Vater in der Billings Street ablieferte wie einen gewöhnlichen Kriminellen. Smith besorgte ihnen warme Brötchen und Tee, und sie veranstalteten eine Art klägliches Picknick in der Kutsche, bevor sie nach draußen in die frische Morgenluft tapsten.

„Informiere Direktor Dinshaw über unsere Situation", bat er Smith.

Zum Glück tauchte bereits wenig später Enton, der Magistrat, auf, und auch Smith kehrte mit Direktor Dinshaw zurück.

„Sie müssen verstehen, Sir, dass ich Darlington das Stechapfelextrakt nur verabreicht habe, weil ich wusste, dass er ein Billings-Street-Mann ist, und ich nicht gewillt war, zuzulassen, dass ein Spion meine Pläne durchkreuzt", erklärte Hunt.

Der Magistrat musterte ihn aus schmalen Augen. „Als wir über Ihren Plan gesprochen haben, die Dokumente zu verkaufen, habe ich Sie unmissverständlich darum gebeten, mir jegliche Treffpunkte und Übergabezeiten mitzuteilen, und zwar genau aus dem Grund, damit ich mit der Billings Street im Austausch bleiben und diese Situation den Profis überlassen kann. Es war nie meine Absicht gewesen, Sie dieses Vorhaben allein durchziehen zu lassen, ganz zu schweigen davon, dass Sie sich in die Arbeit eines Meisterspions einmischen und sein Handeln kompromittieren. Und dann auch noch mit Gift!"

Hunts Augen traten ihm vor Zorn aus dem Kopf. „Dieser Mann", stammelte er und zeigte mit dem Finger auf Darlington, „hat vorgegeben, meiner Tochter den Hof zu machen, um an Informationen über *mich* heranzukommen! Wenn Sie also mein Einmischen in seinen Fall entschuldigen wollen! Das habe ich nur getan, weil seine Methoden ausgesprochen unprofessionell und mir persönlich zuwider waren!"

Darlington richtete sich in seinem Stuhl auf. Eliza zuliebe wollte er seine Liebe und seine Heiratsabsichten erklären, doch solang Dinshaw, sein Vorgesetzter, neben ihm saß, konnte er keine Liebeleien während eines Falles eingestehen.

„Miss Hunt ist noch immer eine Verdächtige in diesem Fall, da die Dokumente in ihrem Besitz gefunden wurden", erklärte er steif und versuchte im selben Moment, ihr durch seinen Blick eine stumme Entschuldigung zuzuwerfen.

Sie saß stocksteif und mit blassem Gesicht auf ihrem Stuhl. Die lange Nacht machte sich in den dunklen Ringen unter ihren Augen bemerkbar.

„Das ist doch absurd! Warum sollte mir meine eigene Tochter diese Pläne verkaufen wollen?"

Dinshaw warf Hunt seinen kalten Verhörerblick zu. „Sich in eine laufende Ermittlung einzumischen, ist schlimm genug. Einen Spion zu vergiften, noch weitaus gravierender."

Zum ersten Mal sah Hunt tatsächlich erschüttert aus. „Ich wollte Ihren Spion nicht umbringen, wenn Sie darauf anspielen. Es war wohl kaum eine tödliche Dosis." Er richtete sich auf und deutete mit dem Daumen auf seine Brust. „*Ich* bin ein Patriot! Ich habe mein eigenes Geld aufgewendet, um die Pläne zu kaufen, und *ich* hätte auch den Verkäufer geschnappt, wenn der da nicht alles vermasselt hätte! Damit hätte ich mir womöglich sogar einen Ritterorden verdient!"

Der Magistrat verdrehte nun tatsächlich die Augen und sah entschuldigend aus.

Dinshaw warf Hunt einen vernichtenden Blick zu. „Das Ziel rechtfertigt nicht die Mittel, Mr. Hunt."

„Direktor Dinshaw, ich entschuldige mich für meinen Part in diesem Debakel", meldete sich Magistrat Enton zu Wort. „Ich hätte Hunt sofort zu Ihnen schicken sollen. Ich muss eingestehen, dass mein Versuch, in dieser Situation zu helfen, alles nur schlimmer gemacht hat. Ich verbürge mich für diesen Mann, trotz der mangelnden Urteilskraft, die er durch den Versuch, Ihren Meisterspion zu vergiften, an den Tag gelegt hat. Ich bin in Besitz der anonymen Nachricht, die er erhalten hat, und in der ihm die Staatsgeheimnisse angeboten werden." Enton schickte einen Sekretär los, der das

Schreiben holte und es Dinshaw in die Hand drückte. Während Dinshaw las, sahen ihm die drei anderen Billings-Street-Männer über die Schulter.

Sehr geehrter Mr. Hunt,

ich bin in Besitz wertvoller britischer Kriegsgeheimnisse: vom Militär entwickelte Pläne für Kriegsschiffe. Da Sie der führende Schiffsbauer des Landes sind, schien es mir, als ob solche Pläne für Sie von Interesse sein könnten, um besagte Schiffe bereits im Vorfeld zu entwickeln und sich so lukrative Regierungsverträge zu sichern.

Ich bin bereit, Ihnen diese Pläne für eine Summe von fünfundzwanzigtausend Pfund zu verkaufen. Sollten Sie Interesse haben, werde ich ein Treffen an geeignetem Ort in die Wege leiten.

Hinterlegen Sie Ihre Antwort auf dieses Schreiben am Laternenpfosten vor Ihrem Haus.

Hochachtungsvoll,

ein Freund

„UND SIE HABEN diesen Brief also dem Magistrat gezeigt, der Sie aufgefordert hat, darauf zu antworten?", hakte Dinshaw nach. Wie jeder gute Spion blickte er vollkommen ausdruckslos.

„Ja. Ich habe geantwortet, dass ich den verlangten Preis zahlen würde, und dass er mir Treffpunkt und -uhrzeit nennen sollte."

Dinshaw durchbohrte Hunt mit einem weiteren grimmigen Blick. „Verstehe. Nun, wir erwarten von Ihnen nicht weniger als Ihre umfassende Mithilfe im Auffinden Ihres verschwundenen Dienstmädchens Charlotte. Ich brauche sämtliche Informationen, die Sie über sie haben – Empfehlungsschreiben, Familie, mögliche Freundinnen."

Hunt nickte. Er sah angemessen kleinlaut aus. „Ich werde alle Informationen zusammentragen und an die Billings Street schicken."

Dinshaw nickte und deutete einen Bückling an. Auch Darlington, Smith und Jenners erhoben sich, verbeugten sich und verließen ohne ein weiteres Wort das Büro. Mit einem letzten Blick zurück schickte er Eliza eine stumme Nachricht und hoffte inständig, sie würde begreifen, dass sie ihm noch immer alles bedeutete.

Den Rest des Tages sowie den folgenden Tag verbrachte er damit, den angestauten Papierberg auf seinem Schreibtisch abzuarbeiten und Suchtrupps für das verschwundene Dienstmädchen Charlotte zusammenzustellen.

Am dritten Tage zog er seinen besten Anzug an und nahm eine Kutsche zum Anwesen der Hunts im schicken Belgravia-Viertel. Er reichte dem Butler seine Karte an, auf der der Name prangte, den er seit zwanzig Jahren nutzte – John Andrews –, und bat darum, Mr. Hunt zu sprechen. Es ziemte sich nicht, direkt Miss Hunt sprechen zu wollen, ohne erst ihren Vater besucht zu haben.

„Bitte folgen Sie mir, Mr. Andrews", erwiderte der Butler und führte ihn an der offenen Salontür vorbei, wo er einen kurzen Blick auf Eliza und ihre Mutter erhaschte. Elizas Augen wurden groß, und er zwinkerte ihr zu, dann betrat er hinter dem Butler Mr. Hunts Arbeitszimmer.

Er wusste, dass der Name auf seiner Visitenkarte Hunt nichts sagen würde, was ihm einen Vorteil verschaffte. Er bezweifelte, dass der Mann ansonsten gewillt wäre, ihn zu empfangen.

„*Sie!*", spuckte Hunt aus und bestätigte seine Vermutung.

„Ja, Sir. Ich. Ich möchte mich bei Ihnen für jegliche Beleidigungen entschuldigen."

Hunts Augen wurden schmal.

„Darf ich mich setzen?"

Hunt ließ sich zu einem grimmigen, halbherzigen Nicken herab.

Er ließ sich in den Stuhl auf der anderen Seite des Schreibtisches sinken. „Ich weiß, Sie glauben, ich hätte mit den Gefühlen Ihrer Tochter gespielt, doch ich versichere Ihnen, dass meine Absichten aufrichtig sind. Wir haben während der Zeit bei den Westerfields eine echte Freundschaft entwickelt, und ich bin heute hier, um Sie um Ihre Erlaubnis zu bitten, Elizabeth offiziell den Hof machen zu dürfen."

Hunts Lippen verzogen sich. „Ihr den Hof machen?", wiederholte er abfällig. „Warum um Himmels willen sollte ich meiner Tochter erlauben, einen Meisterspion zu heiraten?"

„Ich habe ein ordentliches Jahresgehalt und sehr gute Aussichten auf den Direktorenposten. Zudem erhalten verheiratete Meisterspione weniger riskante Aufträge, und sollte mir bei der Ausübung meines Berufs dennoch etwas zustoßen, erhält Ihre Tochter eine Pension."

„Was genau ist denn Ihr Jahreseinkommen?"

„Das doppelte eines Offiziersgehalts. Außerdem bin ich Eigentümer meiner Wohnung hier in London."

„Was genau ist Ihr Interesse an meiner Tochter?"

Er blinzelte. Seiner Meinung nach hatte er das schon mehr als deutlich gemacht. „Ich möchte sie heiraten."

„Das verstehe ich. Aber warum?"

Hunts Anspielung gefiel ihm nicht. Zähneknirschend erwiderte er: „Weil ich sie liebe." Er blickte dem älteren Mann unverwandt in die Augen und forderte ihn wortlos auf, diese Behauptung anzufechten.

Hunt starrte ihn lange ebenso stumm an. „Tut mir leid", sagte er schließlich. „Meine Tochter hat weitaus bessere Perspektiven als Sie. Adlige Lords, die ihr den Lebensstandard bieten können, an den sie gewohnt ist. Guten Tag, Mr.

Andrews." Und damit erhob sich Hunt und signalisierte das Ende ihrer Unterhaltung.

Andrews stand ebenfalls auf, doch ein ungutes Gefühl lag ihm schwer im Magen. Er verbeugte sich mechanisch, verließ das Büro und trat wie blind zur Haustür hinaus und auf die Straße. Seinetwegen verzweifelte er nicht. Eliza würde ihm gehören – so leicht gab er sich nicht geschlagen. Doch seine größte Sorge galt ihr und jedem Kummer, den sie nun erleiden würde, und der Tatsache, dass er nicht wissen konnte, was ihr Vater ihr nun erzählte.

Er entschied, zu Fuß nach Hause zu gehen, und schickte seine Kutsche fort. Auf dem Heimweg ging er seine Optionen durch. Hunt hielt ihn seiner Tochter nicht für würdig. Dieses Zögern konnte er verstehen.

Adlige Lords, die ihr den Lebensstandard bieten können, an den sie gewohnt ist.

Sein Magen zog sich zusammen, während er immer wieder an diesen Satz dachte. Den ganzen Nachmittag lang lief er durch die Straßen von London und überlegte hin und her, wie er vorgehen sollte. Schließlich, als ihm keine bessere Lösung einfiel, schlug er den Weg zum Büro seines Anwalts ein. Es war an der Zeit, sich seiner Vergangenheit zu stellen.

„Sie müssen mir dabei helfen, meinen Anspruch auf den Titel meines Vaters geltend zu machen."

———

„Was wollte Lord Darlington von dir?", fragte Eliza. Sie schaffte es nicht ganz, ihre Stimme nicht zittern zu lassen.

„John Andrews, meinst du wohl?", erwiderte ihr Vater verächtlich und warf ihr die Visitenkarte zu.

„Oh. Ist das sein Name? Ja, dann eben Mr. Andrews."

„Das geht dich nichts an."

Ihre Mutter und sie starrten ihren Vater an. Eliza stand

auf und fingerte nervös an ihrer Halskette herum. „Also, warum hat er dir einen Besuch abgestattet?", verlangte sie erneut.

Ihr Vater warf ihr einen Blick über die Schulter zu und gab den Versuch auf, so zu tun, als ginge es sie nichts an. „Ich habe ihm meine Zustimmung verwehrt, Eliza. Ich habe ihm gesagt, dass er nicht zurückkommen soll."

„Wie bitte?", stieß sie heiser hervor und schwankte ein wenig. Ihre Mutter trat zu ihr und hielt ihren Ellbogen fest.

„Es tut mir leid, Liebes. Ich traue ihm nicht und denke nicht, dass er dein Wohl im Sinn hat. Noch glaube ich, dass er die beste Partie für dich ist."

„Das kannst du nicht ernst meinen? Du sprichst doch hoffentlich nicht von Lord Auburn? Ich werde ihn nicht heiraten, Vater! Das lehne ich kategorisch ab. Darlington – ich meine, Andrews …"

Ihr Vater wedelte mit der Hand durch die Luft. „Siehst du? Du kennst nicht einmal seinen echten Namen! Wenn du der Meinung bist, verliebt zu sein, dann in einen Mann, der nicht existiert – ein erfundener Lord."

„Das stimmt nicht!", erwiderte sie, und Tränen brannten in ihren Augen. „Ich wusste von Anfang an, dass er nicht derjenige war, der er zu sein vorgab. Das hat er selbst zugegeben, bevor er überhaupt anfing, um mich zu werben. Vater, welche Einwände hast du gegen ihn?"

„Er ist unehrlich!"

„Er ist ein Meisterspion, dessen Bekanntschaft du während einer seiner Ermittlungen gemacht hast! Natürlich war er unehrlich! Allein deswegen kannst du ihn nicht verurteilen."

„Nun gut, das zeigt uns aber auch, dass er ein geübter Lügner ist. Wie kann ich ihn also überhaupt beurteilen?"

„Du willst also, dass ich mich für Lord Auburn entscheide, einem Mann, dem ich vollkommen egal bin und der es nur auf dein Geld abgesehen hat? Du willst, dass ich mich für ihn entscheide, anstatt für den Mann, der mich wirklich liebt?"

„Ich glaube, auch Andrews will nur an dein Geld, Eliza", erwiderte ihr Vater. Er klang bedauernd, als ob er ihr eine schreckliche Nachricht mitteilen müsste.

Ihr Herz hämmerte wie wild. „Das stimmt nicht!"

„Ich glaube einfach, dass du viel bessere Aussichten hast", erklärte ihr Vater noch einmal, bevor sie ihm Paroli bieten konnte.

„Viel bessere Aussichten?", erwiderte sie tonlos. „Sieh dir mein Gesicht an, Vater. Vier Saisons in London, und ich habe kaum getanzt. Niemand ist je vorbeigekommen, um mich zu besuchen."

„Und deshalb wirfst du dich nun dem erstbesten Mann in die Arme, der vorgibt, Gefallen an dir zu finden?"

„Vorgibt?" Die Tränen strömten nun ungehindert über ihre Wangen.

„Thomas, das reicht!", rief ihre Mutter aus und klang selbst, als würde sie jeden Augenblick in Tränen ausbrechen.

„Hör zu, ich will damit nur sagen, dass du dein Licht wegen deines Muttermals nicht unter den Scheffel zu stellen brauchst. Es ist kein Hindernis zur Heirat, was die Aufmerksamkeiten sowohl von Auburn als auch von Andrews bewiesen haben. Andere Männer werden kommen – geeignetere Männer."

„Nein", schluchzte sie. „Sie werden nicht geeignet sein. Und selbst wenn sie das wären, ich will sie nicht!"

„Das sagst du jetzt. Gib der Sache etwas Zeit", beruhigte ihr Vater sie.

„Nein. Das werde ich dir nie verzeihen!", rief sie aus und stürzte aus dem Salon und hinauf in ihr Zimmer, wo sie sich aufs Bett warf und bitterlich weinte. Ihre Mutter folgte ihr, nahm auf der Bettkante Platz und tätschelte ihren Arm.

„Lass mich bitte einfach allein, Mutter", schluchzte sie. „Wenn du helfen willst, dann überzeuge Vater davon, es sich noch einmal anders zu überlegen. Oder bist du etwa einer Meinung mit ihm?"

„Ich weiß es nicht, Eliza. Es stimmt, dass wir nur sehr wenig über diesen Mann wissen. Aber ich finde nicht, dass wir ihn ganz und gar von der Liste streichen sollten, vor allem, wenn du so an ihm hängst."

„Sprichst du mit Vater?"

Ihre Mutter beugte sich hinunter und küsste ihre Schläfe. „Ich werde tun, was ich kann", murmelte sie und verließ das Zimmer.

Eliza verbrachte die nächsten sechs Tage in ausgesprochen gedrückter Stimmung. Als am siebten Tag eine Einladung von Lady Westerfield zu einem Besuch in ihre Londoner Residenz eintraf, bestand Elizas Mutter darauf, sie anzunehmen. Zu Elizas großen Erleichterung hatte Kitty keine anderen Gäste eingeladen, und so hatte ihre Befangenheit in sozialen Situationen keinerlei Macht über sie. Entspannt unterhielt sie sich mit ihrer Gastgeberin.

Als sie sich zum Ende des Besuchs erhoben, um zu gehen, drückte ihr Kitty diskret einen kleinen Umschlag in die Hand. Eliza unterdrückte das Verlangen, überrascht nach Luft zu schnappen, und ließ den Umschlag unter ihrem großen Umhängetuch verschwinden. Darlington – nein, Andrews! – wäre stolz darauf, wie verstohlen sie war. Ihr Herz schlug schneller. War der Brief womöglich von ihm?

Auf der Kutschfahrt nach Hause bekam sie kaum noch Luft und antwortete geistesabwesend auf das Geplapper ihrer Mutter. Kaum waren sie zu Hause angekommen, eilte sie hinauf in ihr Zimmer und riss mit zitternden Fingern den Umschlag auf. Ihre Augen flogen zur Unterschrift.

– *John Andrews (Darlington!)*

Ihr Herz setzte einen Schlag aus. Sie las den Brief von vorn.

LIEBSTE ELIZA,

ich vermute, Sie haben mittlerweile gehört, dass Ihr Vater mir untersagt hat, Sie zu besuchen. Ich musste Sie unbedingt wissen lassen, dass ich einen Plan habe, wie ich ihm (und Ihnen) meinen Wert beweisen kann. Ich bitte Sie um Geduld und hoffe inständig, dass Sie auf mich warten werden, denn ich gehöre für immer Ihnen.

Mit all meiner Zuneigung,
John Andrews (Darlington!)

ELIZA PRESSTE den Brief an ihr Herz, und Freudentränen brannten in ihren Augen. Sie hatte die Hoffnung nicht aufgegeben, und die Erleichterung darüber, dass auch John die Hoffnung nicht aufgegeben hatte, trieb ihr die Tränen in die Augen. Sie legte sich aufs Bett, versteckte den Brief unter ihrem Kissen und malte sich aus, wie es sein würde, John Andrews' Frau zu sein.

Er würde ihr den Hintern versohlen.

Bei der Erinnerung an die Spankings, die er ihr bereits verabreicht hatte, wurde sie rot, insbesondere, als sie an das letzte Mal dachte. Die Lust, die auf diese Hiebe gefolgt war, war in ihr Gedächtnis gebrannt. Hatte Kitty Westerfield womöglich angedeutet, dass ihr Mann ebenfalls solche Dinge mit ihr anstellte, nachdem er sie bestraft hatte?

Ihr Körper wurde willenlos und in ihrem Innern loderten glühende Flammen. Sie raffte ihre Röcke, glitt mit einer Hand in den Schlitz ihrer Unterhose und berührte ihr Geschlecht.

Als ob es nur auf sie gewartet hätte, reagierte es auf ihre

Berührung, schwoll an und wurde feucht, als sie mit den Fingern über ihre Öffnung glitt. Ihr Herz hämmerte, als sie daran dachte, wie sich Johns Finger in ihr angefühlt hatten. Wagte sie, sich selbst auf diese Weise zu berühren? Sie drang mit einem Finger in ihren Schlitz ein, zog ihn jedoch zurück, bevor er zu tief versank, und streichelte die empfindliche Knospe direkt über ihrer Öffnung.

Erregt von der Empfindung, die diese Berührung hervorrief, neckte sie die kleine Knospe weiter, glitt darüber, umkreiste sie und stellte sich vor, wie sie über Johns Schoß lag und sein Finger tief in sie eindrang. Sie unterdrückte ein Stöhnen und wand sich unter ihrer eigenen Berührung, bis sie alle Finger über ihren Venushügel legte, ihre Knospe rieb und die Schenkel zusammenpresste, als ihr Höhepunkt sie erbeben ließ.

Keuchend rollte sie sich auf den Bauch und schlief ein.

Später schaffte sie es irgendwie, das Abendessen mit ihrer Familie durchzustehen. Nun, da John – wie ungewohnt es noch immer war, ihn so zu nennen! – sein Interesse bestätigt hatte, konnte sie einen weiteren angespannten Abend mit ihren Eltern kaum noch ertragen. In seinem Brief hatte er sie um Geduld gebeten, doch seine Worte zu lesen, hatte den verzweifelten Wunsch in ihr heraufbeschwört, ihn wiederzusehen, ihr Elternhaus zu verlassen und bei ihm zu sein, dort, wo sie hingehörte.

Am nächsten Morgen erklärte sie ihrer Mutter, dass sie Lady Westerfield einen Besuch abstatten würde – allein.

Ihre Mutter blickte sie besorgt an. „In Ordnung, Liebes", erwiderte sie jedoch. „Wenn du allein mit einer Freundin sprechen musst, gestatte ich dir diesen Wunsch."

„Danke, Mutter", erwiderte sie mit einem Knicks. „Gut möglich, dass ich den ganzen Tag fortbleibe. Mach dir keine Sorgen." Sie drückte ihrer Mutter einen Kuss auf die Wange und verließ das Haus, in dem sie all ihr Hab und Gut zurückließ, um auszureißen und den Mann zu heiraten, den sie liebte.

———

„MR. ANDREWS", begrüßte ihn seine Haushälterin in einem seltsamen Tonfall an der Haustür. „Da ist eine junge Dame, die Sie sprechen möchte – eine Miss Hunt. Sie ist schon den ganzen Tag hier und wartet seit Stunden auf sie!"

„Vielen Dank, Mrs. Fletcher", erwiderte er und trat an der quengeligen Frau vorbei in seinen kleinen Salon. Er war besorgt.

„Eliza! Was machen Sie hier?"

Sie sprang auf die Füße. Sie sah nervös aus. Ihr einfaches, fliederfarbenes Kleid hatte einen tiefen Ausschnitt, der ihre Brüste derart zur Schau stellte, dass er sich zwingen musste, weiterhin in ihre Augen zu blicken.

„Ich – ich habe Ihren Brief erhalten. Aber ich kann einfach nicht abwarten, bis mein Vater seine Meinung geändert hat."

Er stöhnte innerlich auf. Mit zwei großen Schritten hatte er das Zimmer durchquert und griff nach ihrem Ellbogen. „Eliza, das müssen Sie aber". Er blickte eindringlich auf sie hinunter. „Wollen Sie etwa einen Skandal verursachen? Wollen Sie von Ihren Eltern enterbt werden? Sicherlich nicht."

Ihre Wangen wurden rot. „Das ist mir egal", erwiderte sie trotzig. „Ihnen etwa nicht?"

„Nein, Eliza", sagte er entsetzt. „Mir ist das nicht egal. Ich will Ihre Hand auf redliche Weise verdienen. Ich will Sie nicht aus Ihrem Zuhause entführen und mit Ihnen nach Schottland durchbrennen wie ein Schuft."

„Ich glaube fast, Sie sind ein Schuft!", spuckte sie aus und ihre Unterlippe zitterte. „Mein Vater hatte recht. Ich bedeute Ihnen nichts – Sie sind nur an seinem Geld interessiert!"

„Wie bitte?", stieß er hervor, ließ ihren Arm los und wich verdattert einen Schritt zurück. „Glauben Sie das wirklich?"

Sie blinzelte. „Sie weigern sich, mich ohne den Segen meines Vaters zu heiraten ..." Ihre Worte verstummten, vermutlich wegen seines finsteren Gesichtsausdrucks.

John atmete ein paarmal tief durch und nach und nach mischte sich Begreifen in seine Beleidigung. Eliza fiel es wirklich schwer, ihren eigenen Wert zu erkennen. Es ergab Sinn, dass sie seine Absichten anzweifelte, insbesondere unter dem Einfluss ihrer Eltern.

„Ich *werde* Sie heiraten, Eliza", versicherte er ihr. „Ich werde nicht aufgeben, bis Sie mir gehören, das verspreche ich. Und wenn es sein muss, werden Sie mir auch ohne die Zustimmung Ihres Vaters gehören. Allerdings würde ich es vorziehen, Sie nicht in einen Skandal hineinzuziehen oder Ihnen und Ihrer Familie das Herz zu brechen. Ich habe Sie um Geduld gebeten, während ich einen Plan ausarbeite, um die Zustimmung Ihres Vaters zu gewinnen, nicht wahr?"

Er konnte sehen, dass sie langsam wieder zur Vernunft kam, und ein beschämter Ausdruck legte sich über ihr Gesicht. „Ja, Sir."

Die Reue in ihrem Tonfall schickte einen heißen Blitz durch sein Herz und erinnerte ihn daran, dass er sie züchtigen durfte, sobald sie seine Frau war.

„Ich glaube, ich habe Ihnen den Riemen versprochen, wenn Sie das nächste Mal Ihren Wert vergessen", bemerkte er und ließ seine Stimme samtweich klingen.

Das Schwarz ihrer Pupillen wurde größer, anstatt kleiner, und als geübter Meisterspion wusste er, dass das auf Verlangen hinwies, nicht etwa auf Angst. Lust flackerte in ihm auf. Er hielt ihr seine Hand hin. „Kommen Sie, Eliza. Sie haben ein Spanking verdient.“

Eine halbe Sekunde lang schien sie zu zögern, dann legte sie ihre kleine, behandschuhte Hand in seine und gestattete ihm, sie die Treppe hinauf in sein Schlafzimmer zu führen.

So etwas ziemte sich nicht – seine Haushälterin würde glauben, er hätte sich eine Geliebte genommen – doch die Belohnung überwog das Risiko.

„Zieh deine Unterhose aus, Eliza“, befahl er, nachdem er die Tür hinter sich geschlossen hatte.

Er schlenderte zum Ankleidetisch, um den Rasierriemen zu holen und Eliza eine Atempause zu gönnen, während sie seinem Befehl nachkam. Als er sich wieder herumdrehte, trat sie gerade aus der Wolke ihrer Unterwäsche, die auf den Boden hinuntergeschwebt war.

„Braves Mädchen.“ Er nahm auf der Bettkante Platz und klopfte auf seinen Oberschenkel. „Kommen Sie.“

Sie musterte ihn und den Riemen in seiner Hand. „Sind Sie wütend auf mich?“, fragte sie mit erstickter Stimme.

Er legte den Kopf zur Seite und dachte nach. „Nein. Ich bin wütend auf Ihr mangelndes Vertrauen in mich und bin entschlossen, Ihnen die Lektion zu erteilen, die Sie lernen müssen.“

„Sir, ich glaube fast, es gefällt Ihnen, mir den Hintern zu versohlen“, sagte sie und blickte ihn wissend an.

Es überraschte ihn, dass er bei ihrem Vorwurf keinerlei Scham empfand, dabei hatte er den Großteil seines Lebens damit verbracht, sich vor seiner eigenen Neugier über die Züchtigung von Frauen zu fürchten. Mit Eliza jedoch fühlte es sich auf irgendeine Weise nicht falsch an. Ihre Erregung durch seine Bestrafung entledigte ihn jeglicher Schuld, ebenso wie ihre Zustimmung nun ihre Bereitschaft bewies.

„Womöglich tue ich das, Eliza“, erwiderte er mit einem

schwachen Lächeln. „Also lernen Sie besser, Ihrem Ehemann zu gehorchen, ansonsten verbringen Sie noch den Großteil Ihrer Zeit über meinem Schoß."

Als er die Glut in ihren Augen erblickte, mahnte er: „Nur weil es mir gefällt, heißt das nicht, dass es auch Ihnen gefallen wird. Sie waren heute sehr ungezogen, Eliza, und das sollen Sie gründlich bereuen."

Scheinbar voller Bedenken wich sie einen Schritt vor ihm zurück, also beugte er sich schnell vor, schlang seinen Arm um ihre Taille und warf sie über sein Knie. Er stülpte ihren Rock und ihre Unterröcke hoch, und der Anblick ihres nackten Hinterns verschlug ihm den Atem. Nie zu vor in der gesamten Geschichte der Menschheit hatte es einen schöneren Anblick gegeben. Blass und üppig. Ihre prallen, kleinen Monde schrien förmlich danach, bestraft zu werden.

Er ließ den Riemen über ihre beiden Backen schnellen und entlockte ihr einen Schmerzensschrei. „Ich habe Sie um Geduld gebeten, oder etwa nicht?", fragte er, während er das dicke Leder erneut niederfahren ließ. „Antworten Sie", befahl er, als nichts weiter als ein Quieken aus ihrem Mund drang.

„Ja, Sir!"

Ihr ersticktes Atmen erinnerte ihn daran, ihr Korsett zu öffnen. Er knöpfte ihr Kleid auf und löste die Schnüre des einengenden Mieders. „Ich habe Sie gebeten, auf mich zu warten", sagte er und griff wieder nach dem Riemen, um ihren zuckenden Hintern zu versohlen.

„Ja, Sir!"

„Habe ich Ihnen nicht gesagt, dass ich einen Plan hätte?"

Sie wollte sich von seinem Schoß rollen, also sah er sich gezwungen, seinen Arm enger um ihre Taille zusammenzuziehen und sie festzuhalten, während er mehrere schnelle Hiebe hintereinander verabreichte.

„Neeeein", heulte sie.

„Doch, habe ich."

Das Leder hinterließ rote Striemen auf ihrer creme-weißen Haut.

„Ja! Ich meinte, nein, nicht mehr!"

Er lächelte, denn er hatte ganz genau gewusst, was sie gemeint hatte. „Also haben Sie mir nicht gehorcht, richtig?"

„Ja, Sir! Bitte verzeihen Sie!"

„Danke", erwiderte er, hörte jedoch nicht auf, ihren sich windenden Hintern zu versohlen. „Und was habe ich Ihnen gesagt, als ich Ihnen das Spanking in Westerfields Bibliothek verpasst habe?"

„Dass Sie mir meinen Wert beibringen würden!"

„Ganz genau. Und haben Sie sich heute an Ihren Wert erinnert?"

„Bitte, Darlington! Andrews! John!", stammelte sie.

„Haben Sie das?", drängte er und ignorierte ihr Flehen.

„Nein, Sir!"

„Nein. Denn hätten Sie das getan, würden Sie fest daran glauben, dass ein Mann Sie so liebt, wie Sie sind, und nicht wegen des Geldes Ihres Vaters."

„Bitte", schluchzte sie. „Ich werde nie wieder daran zweifeln! Bitte!"

Er hielt inne. Die ehrliche Verzweiflung in ihrer Stimme machte es ihm unmöglich, weiterzumachen. Er ließ den Riemen fallen und streichelte ihren gestraften Hintern. Die Hitze ihrer Haut wärmte seine Handfläche. Seine Angst davor, zu grob zu sein, verstummte, als er das Timbre ihres Keuchens vernahm und bemerkte, wie sie ihren Hintern in seine Hand hob.

„Eliza", sagte er mit belegter Stimme. „Wenn Sie unartig sind, gibt es noch eine zweite Art der Bestrafung, die ich – hin und wieder – austeilen werde."

Sie antwortete nicht, hob jedoch den Kopf aus den Kissen und warf einen Blick über ihre Schulter.

„Stehen Sie auf, Darling", sagte er und half ihr auf die Füße. „Beugen Sie sich über das Bett, dort."

Als sie sich mit glasigen Augen erhob, schwebten ihr geöffnetes Kleid und das Korsett zu Boden wie eine Opfergabe. Eliza stolperte vorwärts, um ihm zu gehorchen, und beugte ihren Oberkörper über das Bett.

Er labte sich an ihrem Anblick, den nun vollkommen nackten Kurven ihres Rückens, ihr umso verlockenderer Hintern. Er massierte ihre roten Backen und unterdrückte das Stöhnen, das in seiner Kehle aufstieg. Als sein Finger zwischen ihre Beine glitt, wies ihm ihr feuchter Nektar den Weg zu ihrer Öffnung, und er neckte ihren kleinen Lustknoten.

Eliza wimmerte, trat von einem Fuß auf den anderen und wackelte mit dem Hintern. Er spürte, wie ihre Beine zitterten, und sank auf die Knie, dann legte er eine Hand auf jeden ihrer Schenkel und spreizte sie. Seine Zunge fand ihren engen Schlitz, und das Aroma ihrer Essenz erregte ihn. Als ihre Schreie immer verzweifelter klangen, erhob er sich, öffnete seine Hose und befreite seinen Schwanz. Die Eichel benetzte er mit einer großzügigen Portion Speichel, dann spreizte er Elizas Backen und drängte gegen ihr Loch.

„Ich will Ihre Jungfräulichkeit für unsere Hochzeitsnacht aufbewahren", murmelte er, als sie zusammenzuckte. „Abgesehen davon waren Sie unartig, also müssen Sie mich zur Strafe hier nehmen."

„Oooh", stöhnte sie.

Er griff um sie herum, bedeckte mit seiner Hand ihren Venushügel und glitt mit einem Finger in ihren engen Schlitz, während er gleichzeitig mit seinem Schwanz gegen ihr hinteres Loch drängte.

Sie stieß einen kleinen Schrei aus, doch ihr triefend feuchtes Geschlecht verriet ihm, dass er weitermachen sollte.

NIE ZUVOR IN ihrem Leben hatte sie eine solche Mischung aus liederlichem Verlangen und Intensität verspürt. Die Empfindung von Johns Geschlecht, das sie ganz und gar ausfüllte, rief ein unerträgliches Verlangen nach Erlösung in ihr empor.

„Bitte!" Ihre Finger krallten sich in die Bettdecke und sie warf den Kopf hin und her und stieß schrille Rufe aus. Er bewegte sich in ihr, glitt hinein und hinaus, war zu groß, um angenehm zu sein, und doch brachte er sie mit dieser Empfindung förmlich um den Verstand. „Bitte", wiederholte sie, auch wenn sie nicht wusste, worum sie ihn bat.

„Ja, süße Eliza. Dort müssen Sie mich nehmen, wenn ich Sie bestrafe."

„Ja!", stimmte sie keuchend zu. Sie wollte nichts lieber, als für den Rest ihres Lebens, in jeder wachen Sekunde, von ihm bestraft zu werden. Seine brennenden Hiebe und seine dominierenden Stöße reinigten sie von den Überresten ihrer Unzulänglichkeit, die tief in ihr verborgen lagen, als ob er irgendwie das ursprüngliche Missverständnis auslöschte, das sie hervorgerufen hatte.

Mit einem Triumphschrei stieß er tief in sie hinein und blieb dort vergraben, während seine Finger unablässig in ihren Schlitz glitten und ihre inneren Muskeln kitzelten, bis sie in den Abgrund der Ekstase hinabstürzte. Sie zuckte um seine Finger und stieß ein zusammenhangsloses Geräusch aus. Als er sich schließlich behutsam aus ihr herauszog und aufstand, dann mit einem feuchten Waschlappen zurückkam, mit dem er sie wusch, bemerkte sie es kaum. Sie lag völlig willenlos auf dem Bett und konnte ihre schweren Glieder kaum bewegen. Diese postkoitale Entspannung war einfach zu perfekt.

Er half ihr, aufzustehen, und sie blinzelte benommen ins

Licht, während er sie anzog wie eine Puppe. Sie hatte das Gefühl, vollkommen *ihm* zu gehören. Jeder Zweifel, den sie noch über ihre gemeinsame Zukunft gehegt hatte, war vom alles verschlingenden Feuer seiner Leidenschaft verbrannt worden.

„Ich liebe Sie, Eliza", murmelte er, zog ihren matten Körper an ihren und küsste sie auf den Mund. Sie erwiderte den Kuss, und als sich ihre Lippen voneinander lösten, hob sie den Blick und sonnte sich in der Wärme seiner Zuneigung. „Geliebte." Er küsste ihre Stirn. „Komm, ich will Ihnen etwas zeigen", sagte er, griff nach ihrer Hand und zog sie sanft zur Tür.

Sie folgte ihm sanftmütig wie ein Lamm. Noch immer war sie völlig benommen von der Überwältigung ihres Liebesspiels. Er führte sie die Treppe hinunter und in seine Bibliothek, wo er ein in Leder eingebundenes Buch aus dem Regal zog. Scheinbar ein Familienstammbaum. Er klappte es auf und reichte es ihr an.

Als sie den letzten Eintrag las, schnappte sie leise nach Luft. Andrew Darlington, Sohn von John Darlington, Earl of Stenwick, und seiner Frau Jane Aster Darlington. Fragend hob sie den Blick.

Er nickte. „Das bin ich."

Stumm wartete sie ab, dass er fortfuhr.

Er führte sie zu einem Sessel, nahm Platz und zog sie auf seinen Schoß. „Mein Vater war ein schrecklicher Mann. Nun, er war anständig, wenn er nicht betrunken war, doch das war er leider Gottes meistens. Der Alkohol machte ihn gemein – ausfällig. Er verprügelte meine Mutter mit der bloßen Faust. Als er mich das erste Mal auf diese Weise schlug, anstatt mit einem Rohrstock, packte meine Mutter unsere Siebensachen und flüchtete mit mir. Wir versteckten uns vor ihm. Wir konnten nicht einmal bei unserer Familie übernachten, wenn er in London war. Eine ihrer wohlhabenden Freundinnen aus der Mädchenschule gewährte uns Zuflucht, und wir änderten unseren Namen in Johnson. Unsere Unterstützer bezahlten für meine Offiziersstelle, damit ich mit Erreichen meiner Volljährigkeit zur Navy gehen konnte. Das war der Grundstein für meine Karriere als Meisterspion, und in dieser Anstellung habe ich den Namen John Andrews angenommen."

„Danke, dass Sie mir Ihre Geschichte anvertrauen", sagte sie, drehte sich auf seinem Schoß um und berührte sanft sein Gesicht.

Er legte seine eigene Hand auf ihre. „Mein Vater ist vor acht Jahren gestorben. Ich hatte nie beabsichtigt, Anspruch auf seinen Titel oder seinen Namen zu erheben. Ich wollte nichts mit ihm zu tun haben."

„Das verstehe ich."

Er schüttelte kaum merklich den Kopf, als ob er die finsteren Gedanken abschütteln wollte. „Für Sie werde ich das tun. Sie haben es verdient, Teil der oberen Zehntausend zu sein. Und Sie haben einen Ehemann verdient, der keine Angst davor hat, sich seinen Dämonen zu stellen."

„Die oberen Zehntausend?", wiederholte sie und klang beleidigt. „Die oberen Zehntausend sind mir völlig egal. Ich will Sie. Mein Besuch heute hier in diesem Haus ist Beweis genug dafür, sollte ich meinen."

„Ich weiß, Geliebte", beruhigte er sie. „Ich weiß. Aber Ihr Vater will etwas Besseres als einen Meisterspion als Schwiegersohn, und ich beabsichtige, seine Zustimmung zu unserer Partie zu gewinnen. Ich habe alles in die Wege geleitet, um den Titel zu beanspruchen. Sobald ich weiß, dass er mir gehört, werde ich mein Ersuchen erneut bei Ihrem Vater vortragen. Das ist mein Plan."

Tränen traten in ihre Augen. Sie brachte kein Wort mehr heraus. Sie wollte ihm sagen, dass er das nicht für sie zu tun brauchte, doch sie spürte, dass er sein Geburtsrecht verdient hatte, ganz besonders nach all den Schwierigkeiten, die er durchgemacht hatte.

Er küsste ihre Stirn. „Kommen Sie, Liebste. Ich bringe Sie nach Hause, bevor der Skandal komplett ist."

Sie stand auf. „Und wenn sie bereits wissen, wo ich war?"

„Dann werden wir uns diesem Zorn gemeinsam stellen. Wenn das Kind bereits in den Brunnen gefallen ist, dann ist es eben so. Dann werden wir ohne ihren Segen heiraten. Doch zuerst müssen wir versuchen, die Situation zu retten." Er sah alarmiert aus, als ob ihm plötzlich etwas eingefallen wäre. „Würde Ihr Vater Sie bestrafen?"

Sie spitzte die Lippen. „Warum fragen Sie das? Fürchten Sie, er könnte bemerken, dass Sie schneller waren als er?"

„Ich werde Sie nicht nach Hause bringen, wenn Sie glauben, er könnte Sie auspeitschen", erklärt er und richtete sich auf, als ob er sich bereits für einen Kampf bereit machte.

„Ihnen ist es also erlaubt, mich auszupeitschen, aber meinem eigenen Vater nicht?"

„Wird er es tun oder nicht?", fragte er und wurde zunehmend aufgewühlter.

„Wird er nicht", erklärte sie, denn sie hatte in ihrem ganzen Leben keine schlimmere Strafe als eine Ohrfeige erhalten.

John – nein, *Andrew* – entspannte sich.

„Warum ist es Ihnen erlaubt, mich auszupeitschen?", fragte sie erneut.

Er warf ihr ein schiefes Lächeln zu. „Weil Sie mir gehören und ich Sie bestrafen darf. Die Vorstellung, dass jemand anderes Hand an Sie legen könnte, macht mich rasend."

Wärme erfüllte ihre Brust, doch sie verdrehte die Augen. „Das ergibt keinen Sinn."

„Ich weiß." Er grinste sie belämmert an. „Aber diese Marotte von mir scheint Ihnen nichts auszumachen." Er stand auf und scheuchte sie aus dem Zimmer und hinaus auf die Straße, wo er eine Kutsche anhielt und dem Fahrer die Adresse ihrer Eltern nannte.

Als sie die Eingangshalle betraten, kam ihre Mutter aufgebracht auf sie zugeeilt. „Eliza! Wo warst du denn – oh!", rief sie aus, als sie Darlington erblickte. „Oh nein! Oje! Hast du ihn geheiratet?"

FÜNFTES KAPITEL

Ihr Vater tauchte in der Tür hinter ihrer Mutter auf. „Was um alles in der Welt …“

„Wir haben nicht geheiratet“, erklärte Andrew übertrieben ruhig. „Dürfte ich unter vier Augen mit Ihnen sprechen?“

„Eliza, was geht hier vor sich?“

„Unter vier Augen“, wiederholte er streng.

Hunts Gesicht wurde puterrot und seine Augen traten vor Zorn hervor, doch er nickte in Richtung der Salontür und bat ihn hinein. Die beiden Männer nahmen Platz.

„Mr. Hunt, wie Sie womöglich bereits den heutigen Ereignissen entnommen haben, ist Eliza gewillt, mich auch ohne Ihren Segen zu heiraten. Selbstverständlich möchte ich ihre Beziehung zu Ihnen nicht zerrütten, doch wir sind fest entschlossen, zu heiraten. Ich hatte eigentlich vor, abzuwarten, bis die Dinge vollends geklärt sind, bevor ich erneut mit Ihnen spreche, doch in Anbetracht der Umstände möchte ich Sie auf der Stelle darüber in Kenntnis setzen, dass ich der rechtmäßige und legitime Erbe des Darlington-Titels bin. Nach dem Tod meines Vaters habe ich diesen Titel nicht beansprucht, doch nun habe ich alles in Bewegung gesetzt, um meinen Anspruch geltend zu machen, damit ich Ihrer Tochter das Ansehen bieten kann, das Sie sich für sie wünschen."

Hunt musterte ihn aus schmalen Augen. „Sie sind *tatsächlich* Lord Darlington?"

„Schon sehr bald."

„Und was ist mit Ihrer Anstellung als Meisterspion?"

„Ich werde sie aufgeben und das Anwesen meines Vaters verwalten, es sei denn, es würde nicht genug Einkommen für uns abwerfen. Derzeit weiß ich noch nicht, in welchem Zustand das Anwesen ist, da mein Vater und ich entfremdet waren, seit ich ein kleiner Junge war."

Hunt faltete die Hände und seufzte schwer. „Ich verstehe. Nun, Darlington, ich werde meinen Anwalt beauftragen, sich Ihren Anspruch und den Zustand Ihres Erbes genauer anzuschauen."

Er wartete ab, hoffte auf ein wenig mehr.

„Noch bin ich nicht umgestimmt."

Er nickte. „Und doch weiß ich Ihre Erwägung zu schätzen …"

Ein gellender Schrei unterbrach sie.

„Eliza!", rief Andrew, sprang auf und rannte aus dem Zimmer. Die Angst, seine Geliebte könnte in Gefahr schweben, ließ ihm das Herz bis in den Hals schlagen. „Eliza!" Er stürzte den Korridor hinunter, in die Richtung, aus der der Schrei gekommen war.

„Hier", krächzte Eliza. Mit kreidebleichem, zu Tode erschrockenem Gesicht trat sie aus dem Arbeitszimmer ihres Vaters.

„Oh, Gott sei Dank", stieß er hervor, als er sah, dass sie unversehrt war. Sie brachte kein Wort heraus, zeigte jedoch durch die offene Tür. Er spähte an ihr vorbei und registrierte den Anblick, der sich ihm bot. Jeder seiner Sinne war augenblicklich in Alarmbereitschaft.

Dort auf dem Boden lag Charlotte, Elizas verschwundenes Dienstmädchen. Ihre Kehle war aufgeschlitzt und eine Blutlache sickerte langsam in den Teppich unter ihrem Kopf. Er wartete ab, beruhigte seinen eigenen Atem und lauschte nach dem geringsten Geräusch. Nichts.

Eliza, ihre Eltern und eine Schar Bediensteter drängten sich hinter ihm in die Tür. Ohne auch nur einen Gedanken darauf zu verschwenden, was sich ziemte oder was die anderen denken könnten, zog er Elizas zitternden Körper in seine Arme. „Nicht hinsehen, Darling", beruhigte er sie.

Sie klammerte sich an ihn.

Er hielt sie fest, nur für den Fall, dass sie ohnmächtig wurde. „Sie sind in Sicherheit", murmelte er. „Ich werde nicht zulassen, dass Ihnen etwas zustößt – ich bin hier."

„Ist das … Lottie?", presste sie schließlich hervor.

„Ja, Darling. Das war sie."

Hunt versuchte, sich an ihnen vorbeizudrängen.

„Nicht das Zimmer betreten", befahl er. „Nichts darf berührt oder bewegt werden, bis ich den Tatort untersucht habe."

Erstaunlicherweise gehorchte Hunt. „Was glauben Sie, was hier passiert ist?", fragte er und klang ebenso entsetzt wie seine Tochter.

Ohne Eliza loszulassen, trat er einen Schritt vor und zog die Tür zu, um den grausigen Anblick vor den neugierigen Blicken zu verbergen. „Hunt, könnten Sie einen Diener zur Billings Street schicken und ausrichten lassen, dass ich auf der Stelle drei Männer benötige?"

„Ich gehe schon, Sir!", meldete sich einer seiner Bediensteten.

„Danke, Jones", gab Hunt seine Zustimmung.

Der junge Mann eilte die Treppe hinunter.

„Ich würde gern die restlichen Bediensteten und Ihre Familie im Speisesaal versammeln", erklärte er. „Ich muss mit jeder Person sprechen, die hier arbeitet."

Wieder befolgte Hunt seine Anweisungen und erklärte mit autoritärer Stimme: „Sie haben den Mann gehört. Alle Mann runter in den Speisesaal. Alle von Ihnen, bitte."

Widerwillig ließ er Eliza los und drückte versichernd ihre Hand. „Ein Schluck Brandy hilft gegen den Schrecken", sagte er zu Hunt und nickte vielsagend in Richtung der Damen.

Der ältere Mann verstand den Hinweis, bot den beiden Frauen seine Ellbogen an und führte sie nach unten.

„Ich werde das Haus durchsuchen, allerdings befürchte ich, dass der Eindringling längst verschwunden ist."

Es sei denn, der Täter war einer der Bediensteten.

Noch einmal betrachtete er den Tatort, dann suchte er jedes nur erdenkliche Versteck im großen Haus ab, fand jedoch nichts und niemanden.

Wenig später trafen Jenners, Smith und ein dritter Mann, Bartlett, ein.

„Was ist passiert?", wollte Jenners wissen, kaum dass er das Haus betreten hatte.

„Das verschwundene Dienstmädchen liegt mit aufgeschlitzter Kehle in Hunts Arbeitszimmer."

Smith pfiff durch die Zähne. „Glaubst du, sie ist zurückgekommen, um nach den Dokumenten zu suchen?"

Er zuckte mit den Schultern. „Könnte sein. Oder derjenige, der sie überhaupt erst mit den Plänen zu Westerfield geschickt hat, ist mit ihr zurückgekommen, damit sie ihn ins Haus lässt, und hat sie dann umgebracht und entweder nach den Plänen oder dem Geld gesucht."

„Warum sollte er sie umbringen?", fragte Smith.

„Vielleicht hat er geglaubt, sie würde ein doppeltes Spiel spielen?", schlug Jenners vor.

„Ja, vielleicht. Also, Bartlett, du suchst das Haus ab, angefangen mit dem Tatort hier im Arbeitszimmer. Jenners und Smith, ihr befragt die Angestellten. Ich helfe Bartlett bei der Sicherung des Tatorts und stoße dann zu euch."

Andrew ging um die Leiche des Zimmermädchens herum und trat hinter den Schreibtisch. Eine der Schubladen stand einen Spaltbreit offen. Er hockte sich hin und inspizierte das Schloss. Es war aufgebrochen.

„Bartlett, ruf bitte Hunt noch einmal hier herein."

„Ja, Sir", erwiderte Bartlett und erhob sich von seiner Position neben der toten Frau. „Keine Tatwaffe zu sehen", erklärte er.

Andrew nickte.

Hunt betrat das Büro. Er wurde grün im Gesicht, als er die Leiche auf dem Arbeitszimmerboden erblickte.

„War dieses Schloss bereits kaputt, Mr. Hunt?"

„Nein." Der Mann schien sich zusammenzureißen und trat hinter den Schreibtisch.

„Was bewahren Sie in dieser Schublade auf?"

Hunt nickte, als ob er bereits zu einer Schlussfolgerung gekommen wäre. „Pläne. Für die Schiffe."

„Bitte öffnen Sie die Schublade und sagen Sie mir, ob etwas fehlt."

Hunt nahm im Schreibtischstuhl Platz und blätterte durch den Inhalt der Schublade. „Die Akte mit Namen ‚Regierungspläne' ist verschwunden, allerdings befanden sich darin nicht die Pläne für die Kriegsschiffe. Die bewahre ich woanders auf."

„Was für Unterlagen befanden sich denn in dieser Akte?"

Hunt schüttelte den Kopf. „Nichts Wichtiges – belanglose Notizen und allererste Skizzen, Briefe zwischen mir und den Navy-Kapitänen. Nichts von echtem Wert."

„Vielen Dank, Sir. Wenn Sie jetzt bitte ihre vertrauenswürdigsten Angestellten beauftragen würden, das Haus nach weiteren verschwundenen Gegenständen abzusuchen? Vielleicht Ihren Butler und Ihre Haushälterin?"

Hunt nickte und verschwand.

Andrew stieß zu seinen Männern im Speisesaal, die noch immer mit ihrer Befragung der Bediensteten beschäftigt waren. Was wussten sie über Charlotte? Hatten sie heute etwas Ungewöhnliches bemerkt? Doch die Befragungen lieferten nur sehr wenig. Niemand hatte gesehen, wie Charlotte heute das Haus betreten hatte, noch hatten sie in der kurzen Zeit, in der sie hier im Haus gearbeitet hatte, etwas Persönliches über sie herausgefunden. Wie es schien, war das Mädchen für sich geblieben.

Mitternacht war bereits verstrichen, als sie schließlich fertig waren. Er machte sich auf die Suche nach Hunt und fand die ganze Familie in der Bibliothek versammelt.

„Wir sind fertig hier, Sir. Meine Männer haben den Leichnam fortgebracht. Ihre Bediensteten können jetzt mit der Reinigung des Zimmers beginnen." Sein Blick wanderte zu Eliza. Er fürchtete, der Anblick ihres ermordeten Dienstmädchens könnte ihr heute Nacht Albträume bescheren. Was wäre passiert, wenn sie den Eindringling überrascht hätte? Sein Herz zog sich zusammen, als er daran dachte, welche Gefahr ihr um ein Haar gedroht hätte.

„Ich bleibe hier im Haus, bis ich mir sicher bin, dass seinen Bewohnern nichts zustoßen wird", erklärte er. „In Anbetracht der Tatsache, dass der Mörder die falschen Papiere mitgenommen hat, besteht die Chance, dass er noch einmal zurückkommt."

„Ist das die übliche Vorgehensweise?", fragte Hunt trocken.

„Es ist eine gerechtfertigte Vorgehensweise", erwiderte er.

„Ich fühle mich besser, wenn Sie hier im Haus sind", meldete sich Mrs. Hunt zu Wort, bevor ihr Mann noch etwas sagen konnte. Sie erhob sich und trat auf ihn zu. „Ich weiß Ihre Sorge um unsere Sicherheit sehr zu schätzen."

„Ich auch", erklärte Eliza, erhob sich ebenfalls und knickste anmutig.

Er verbeugte sich.

Mrs. Hunt blickte ihren Mann erwartungsvoll an, auch wenn sie ihre Meinung bereits kundgetan hatte.

„Na schön", stimmte Hunt zu. „Ich lasse ein Zimmer für Sie vorbereiten."

„Ich brauche kein Zimmer. Ich werde nicht schlafen."

„Ich verstehe. Nun, wenn Sie diese Gelegenheit ausnutzen wollen, um …"

„Mr. Hunt", fiel ihm Mrs. Hunt knapp ins Wort. „Ich bin mir sicher, Lord Darlingtons Absichten sind ehrbar."

„Noch heißt er nicht Lord Darlington", grummelte ihr Mann.

———

So schockierend die Ereignisse auch gewesen sein mochten, sie fühlte sich sicher, als sie ins Bett kroch. Andrew würde sie beschützen, heute Nacht und immer. Es kam ihr vor, als ob es Tage her wäre, seit er ihr das Spanking verpasst hatte, anstatt der wenigen Stunden, die seitdem in Wirklichkeit verstrichen waren. Dass sie nur wenige rote Striemen entdeckte und kaum noch Schmerzen empfand, die sie daran erinnerten, rief eine seltsame Enttäuschung in ihr empor.

Sie brauchte ihn. Das spürte sie mit jeder Faser ihres Seins. Mit ihm fühlte sie sich sicher und auf festem Grund in einer Welt, in der sie nie zuvor einen Platz gefunden hatte. Zusammen mit ihm wies sie keinen Makel auf, noch mangelte es ihr an Anmut. Bei ihm fühlte sie sich begehrenswert, hübsch, unterhaltsam und intelligent. Und falls sie sich einmal aus diesem Kokon der Seligkeit entfernen sollte, den er für sie gesponnen hatte, wies er sie sanft, aber nachdrücklich dorthin zurück.

Ein Schauder durchfuhr sie, als sie an seine Bestrafung dachte. Danach hatte sie sich wie entzweigespalten gefühlt – sie war so bloßgestellt gewesen, so schutzlos. Und doch hatte er sie so vollkommen erobert, dass diese Blöße keinerlei Unsicherheiten in ihr hervorgerufen hatte.

Zur Vorstellung darüber, was er noch alles in ihrem gemeinsamen Schlafzimmer mit ihr anstellen würde, schlief sie ein.

Am Morgen musste Andrew der Billings Street Bericht ablegen und es wurden diverse Akten hin und her geschickt, doch zu ihrer großen Freude weigerte er sich noch immer, das Haus zu verlassen. Noch einmal befragte er jedes Haushaltsmitglied und verbrachte Zeit mit ihrem Vater, um Charlottes Referenzen und ihren beruflichen Werdegang im Detail durchzugehen.

„Also, Darlington, gehen Sie langsam davon aus, dass wir nicht länger in Gefahr schweben?", fragte ihr Vater gegen Abend.

Andrew sah müde aus. Die Züge seines Gesichts wirkten wie gemeißelt. „Nein, Sir. Sie, Miss Hunt und der gesamte Haushalt sind die beste Verbindung zum Mörder, die wir haben. Auch wenn es nicht logisch erscheinen mag, sagt mir mein Bauchgefühl, dass er zurückkommen wird. Und ich bin fest entschlossen, hier auf ihn zu warten, sobald er das tun wird."

„Dann hoffe ich, dass Sie uns zum Abendessen Gesellschaft leisten werden", erwiderte ihr Vater grummelig und überraschte damit alle anderen.

„Vielen Dank, sehr gern, wenn es Ihnen keine Umstände macht."

Sie nahmen am Esstisch Platz. Ihre Mutter setzte sich

neben Andrew – der Platz, den sich Eliza inständig gewünscht hatte.

„Lord Darlington, werden Sie auch heute wieder die ganze Nacht aufbleiben?"

„Eliza!", tadelte ihre Mutter entsetzt.

„Nein, Mutter, ich wollte nicht ungehörig sein, ich sorge mich lediglich um seine Gesundheit und Leistungsfähigkeit, nachdem er schon so lange nicht geschlafen hat."

„Ich weiß Ihre Sorge zu schätzen, Miss Hunt", erwiderte Andrew, und der Anflug eines Lächelns spielte in seinen Mundwinkeln. „Doch ich brauche nicht besonders viel Schlaf."

Sein Blick wärmte sie, und seine unbefangene Art – selbst in der Gegenwart ihres Vaters – beruhigte ihre Nerven. Andrew vertrieb ihre Ängste und gab ihr Halt, wie es nie zuvor jemand vermocht hatte.

„Wie viele Schiffe produzieren Sie etwa pro Jahr?", fragte Andrew ihren Vater und verwickelt ihn gekonnt in sein Lieblingsthema. Er bewies, dass er ihre Eltern mit ebenso sicherer Hand führen konnte wie sie. Er wickelte ihre Mutter um den kleinen Finger und löcherte ihren Vater mit scharfsinnigen Fragen über seine Geschäfte.

Nach dem Abendessen überraschte ihre Mutter sie, indem sie vorschlug: „Vielleicht könntest du in der Bibliothek eine Partie Schach mit Lord Darlington spielen, um ihm die Zeit zu vertreiben, bevor du ins Bett gehst?"

Eliza rechnete fest damit, dass ihr Vater widersprechen würde, doch er sagte nichts, und so verbarg sie ihre Freude über diesen Vorschlag und warf Andrew einen Blick zu. „Spielen Sie?"

„Sehr gern", erwiderte er mit dem ihm so typischen, verschwörerischen Funkeln in den Augen.

Als sie ihn zur Bibliothek führte, rechnete sie fast damit, dass ihre Eltern ihnen folgen würden, doch das taten sie nicht. Andrew ließ die Tür zur Bibliothek weit offen stehen, doch als er an dem kleinen Tisch Platz nahm, auf dem sie das Spielbrett aufgebaut hatte, schenkte er ihr ein Grinsen, das sie an eine Katze erinnerte, die einen Vogel gefangen hatte.

„Wieder allein", sagte er kaum hörbar.

„Ich weiß. Der gestrige Tag kommt mir wie eine Ewigkeit her vor."

Er betrachtete sie mit einer Zärtlichkeit, als ob ihr Gesicht – *ihr Gesicht* – ihn endlos faszinieren würde. Bei seinem Blick wurden ihre Wangen warm und sie blickte unter ihren Wimpern zu ihm auf.

„Ich kann es kaum noch erwarten, bis Sie endlich mir gehören, Eliza", murmelte er.

Sie warf eine Spielfigur um und stellte sie hastig wieder auf. „Schwarz oder weiß?"

„Schwarz."

Sie drehte das Brett um, sodass die schwarzen Figuren auf seiner Seite standen, und sie begannen die Partie. „Mylord?", fragte sie nach einer Weile, als sie allen Mut zusammengenommen hatte.

„Ja?"

„Haben Sie … nun, also … was Sie mit mir gemacht haben?" Ihre Wangen glühten. „Was ich fragen will …"

„Spucken Sie es einfach aus", forderte er sie auf.

Und so, wie ihr Körper an jenem ersten Abend seinen Befehl zu atmen befolgt hatte, sprach sie auch nun die Worte aus. „Haben Sie das schon öfter gemacht? Mit anderen Frauen?"

Er sah sie ernst an. „Nein, Eliza. Nur mit Ihnen."

„*Warum* denn mit mir? Ich meine, ich will mein Licht nicht schon wieder unter den Scheffel stellen, aber …"

„Nein, ich weiß, dass Sie das nicht tun", sagte er, runzelte jedoch sorgenvoll die Stirn. „Fühlen Sie sich … haben Sie Angst davor? Vor mir?"

„Nein", erwiderte sie wie aus der Pistole geschossen.

Er sah erleichtert aus. Gedankenverloren griff er nach seinem Turm, drehte ihn langsam in den Fingern und betrachtete ihn anstatt ihr. „Mir hat die Vorstellung schon immer gefallen, eine Frau zu züchtigen, und das hat mir Angst gemacht – schreckliche Angst –, denn ich befürchtete, ein ebensolches Monster zu sein, wie mein Vater es war. Aber", er schluckte, „mit Ihnen … das erste Mal ist es einfach passiert, und als ich bemerkte, wie erregt Sie davon waren, begriff ich etwas. Womöglich sind Sie meine zweite Hälfte." Er griff nach ihrem Turm und hielt ihn neben seinen. „Sie sind das Weiß zu meinem Schwarz."

Jetzt suchte er ihren Blick, und es war nur die Verletzlichkeit in seinen Augen, die sie davon abhielt, ihren Blick zu senken. Etwas in ihr wollte nicht eingestehen, dass sie seine Bestrafung genossen hatte. Es hatte schließlich wehgetan. Doch nun genoss sie die Erinnerung daran. Tatsächlich sogar kostete sie jedes Spanking, das er ihr verpasste, als besonderes Ereignis aus.

Trotzdem, sie konnte ihm einfach nicht sagen, dass sie es mochte. Sie konnte ihm diese Macht oder Erlaubnis nicht zugestehen, aus Angst, er könnte weiter gehen, als sie zu gehen bereit war.

Andrew stellte die Schachfiguren zurück und machte seinen Zug. „Nach dem, was im Pförtnerhaus vorgefallen ist, verstand ich meinen Drang besser. Ich verstand, dass er aus Leidenschaft erwuchs – aus Verlangen und Liebe heraus – nicht aus trunkenem Zorn und Irrsinn wie bei meinem Vater." Er musterte sie eingehend. „Haben Sie das auch gespürt?"

„Ja", gestand sie leise. „Ja." Ihr Blick war starr auf das Spielbrett gerichtet.

„Ich bin mir sicher, dass Sie mehr dazu zu sagen haben als nur ‚Ja'", lockte er.

„Noch nicht", erwiderte sie.

Nun endlich breitete sich der neckende Ausdruck, den sie von Anfang an von ihm erwartet hatte, auf seinem Gesicht aus. „Wenn wir verheiratet sind, werde ich Ihre Gedanken aus Ihnen herausversohlen, wenn Sie nicht in der Lage sind, sie auszusprechen."

Sie wurde rot und ein warmes Kribbeln erfüllte ihren ganzen Körper, als sie seine Drohung vernahm. Die Vorstellung, über seinem Knie zu liegen, während ihr Hintern warm wurde und er sie zwang, ihre tiefsten Geheimnisse zu bekennen, klang wie die süßeste Medizin.

Sie spielten die Partie fertig und Eliza gewann, auch wenn sie die Vermutung hegte, dass er es zugelassen hatte.

„Jetzt wünsche ich Ihnen eine gute Nacht", sagte er, stand auf und verbeugte sich.

Sie bot ihm ihre behandschuhte Hand an, und er ergriff sie, beugte sich hinunter und küsste sie, bevor er sie herumdrehte und die nackte Haut ihres Handgelenks offenbarte. Federleicht strich er mit den Lippen über ihren Puls und schickte einen Schauder der Erwartung durch sie hindurch. Lächelnd ließ er ihre Hand wieder los. „Gute Nacht, liebste Eliza."

Wärme erfüllte ihre Brust. „Gute Nacht."

Als sie zu ihren Eltern zurückgehen wollte, hörte sie an der Arbeitszimmertür, wie sie sich unterhielten.

„Er liebt sie, Thomas. Hast du nicht gesehen, wie er sie ansieht?"

„Ja, das habe ich gesehen", sagte ihr Vater. Sein Tonfall war knochentrocken, doch sie glaubte – oder vielleicht hoffte sie nur – darin eine gewisse Resignation zu vernehmen.

———

AUS EINEM BAUCHGEFÜHL heraus verbrachte er die Nacht im Arbeitszimmer, die Türen geschlossen. Mitten in der Nacht erwachte er aus einem leichten Schlummer. Die Härchen auf seinen Armen stellten sich auf. Er lauschte angestrengt, konnte jedoch nichts hören. Doch dann, plötzlich, drehte sich unendlich langsam der Türknauf. Leise wie eine Katze sprang er auf die Füße und versteckte sich hinter der Tür. Sie glitt Stück für Stück auf und dahinter erkannte er die Gestalt eines großen, massigen Mannes. Andrew sprang hinter der Tür hervor, nahm den überrumpelten Mann in den Schwitzkasten und drückte ihm die Luft ab.

Der Eindringling erwiderte den Angriff stumm. Mit ungeheurer Kraft schob er Andrew gegen die Wand und rammte ihn immer wieder gegen die Holzvertäfelung, bis die Bretter knackten. Andrew ließ nicht locker, doch sein Gegner erwischte seinen kleinen Finger, riss daran und ließ den Knochen splittern. Für eine Sekunde ließ Andrews Griff nach, und der Eindringling konnte sich befreien. Prompt wirbelte er herum, um Andrew mit seinem riesigen Schädel eine Kopfnuss zu verpassen. Er wich dem Angriff aus, duckte sich unter dem Schlag des Mannes weg und rammte seinen Körper in den Torso des Angreifers. Krachend landeten sie auf dem Fußboden. Noch immer stumm rollten sie verbissen kämpfend über den Boden, als schließlich die Lampen der Angestellten erschienen, die nachschauen wollten, woher die dumpfen Geräusche kamen.

Eines der Dienstmädchen stieß einen markerschütternden Schrei aus.

„Es ist alles in Ordnung. Ich habe alles unter Kontrolle", erklärte er ruhig, während er die Faust schwang und in den Kiefer des Angreifers krachen ließ. Er konnte zwei weitere Schläge landen, bevor der größere Mann ihm mit flachen Händen gegen die Ohren schlug und ihn lange genug desorientierte, um ihn auf den Rücken zu werfen und seinerseits

Schläge gegen seinen Kiefer auszuteilen. Irgendwann schaffte er es, sich unter dem Mann wegzurollen und auf die Füße zu springen. Er verpasste dem Kerl einen Tritt in die Magengrube, bevor er ihn einmal mehr zu Boden rang.

„Andrew!"

Der Klang von Elizas Stimme lenkte ihn lange genug ab, um seinen Vorteil zu verlieren, und sein Gegner stieß ihn grob fort und eilte auf die Tür zu, in der die entsetzte Eliza stand.

„Eliza, raus hier! Und machen Sie die Tür zu!", befahl er und sprang auf, um den Mann an der Taille festzuhalten und ihn zu Boden zu reißen, bevor er die Tür erreichen konnte.

Eliza war erstarrt. „Eliza! Sofort!"

„Keine Bewegung!", brüllte Hunt und stieß Eliza hinter sich. „Ich habe ein Gewehr!"

„Nicht schießen!", brüllte Andrew den älteren Mann an. „Ich will ihn lebend schnappen."

Hunt zielte auf ihn und den Eindringling, während sie immer weiter kämpften, rangen, sich schlugen. Als er den Mann in das Bücherregal rammte, regneten schwere Bände auf ihre Köpfe herab. Der Eindringling krallte die Finger in ein Regalbrett, wirbelte herum und brachte das ganze Regal zum Umstürzen. Schwer landete es auf Andrews Kopf. Ihm wurde schwarz vor Augen, dann tanzten Sterne in seinem Blickfeld, doch er bewegte sich blindlings weiter, warf sich mit ganzem Gewicht auf den Angreifer, und wieder landeten sie auf dem Fußboden. Dieses Mal krachten sie in die Seite des Schreibtisches, und er hatte das Gefühl, als ob ihm die massive Tischplatte mehrere Rippen gebrochen hätte.

„Lassen Sie mich ihn einfach erschießen", knurrte Hunt, der klugerweise alle anderen Schaulustigen davon abhielt, ins Zimmer zu kommen und in das gefährliche Handgemenge mit hineingezogen zu werden.

„Nein!" Er riss sein Bein unter dem Fuß des anderen

Mannes hindurch und ließ ihn mit diesem Manöver auf den Rücken fliegen. Er warf sich auf ihn, rollte den schweren Kerl auf den Bauch und drehte ihm die Arme auf den Rücken. Eine Bewegung, und er würde dem Mann beide Arme brechen. „Ich brauche ein Seil!", stieß er zwischen zusammengepressten Zähnen hindurch aus.

Er krallte seine Finger in die Haare des Mannes und riss seinen Kopf hoch. „Wer hat den Verkauf der Dokumente angeordnet?"

„Fahr zur Hölle!", knurrte der Mann mit blutigen Lippen.

„Hier, Sir!" Einer der Bediensteten trat eilig vor und reichte ihm ein Seil an. Er fesselte die Handgelenke seines Gefangenen.

„Sagen Sie in der Billings Street Bescheid, dass sie Verstärkung schicken sollen", befahl er.

Als niemand reagierte, wiederholte Hunt den Befehl und nannte die Bediensteten, die den Auftrag ausführen sollten.

Andrew überprüfte den Knoten der Fessel und starrte hinunter auf seinen Gefangenen. „Je schneller Sie reden, umso einfacher wird es für Sie sein", riet er ihm.

Der Kerl erwiderte nichts, doch sein Widerstand schien etwas nachzulassen. Andrew rollte ihn auf die Seite, um sich sein Gesicht anzusehen. In diesem Augenblick riss der Eindringling seine Füße zur Seite, klemmte sie fest um Andrews Knöchel und riss ihn zu Boden, während er sich gleichzeitig mit noch immer gefesselten Händen aufrappelte. Das ohrenbetäubende Knallen eines Schusses explodierte, und der wichtigste Zeuge im Landesverrat sackte leblos zu Andrews Füßen.

Angewidert schüttelte er den Kopf. Mit dem Handrücken wischte er sich das Blut von den Lippen, dann fauchte er: „Ich habe gesagt, ich will ihn lebend haben."

„Er hätte bis auf den Tod gekämpft. Ich glaube, er hat

gewusst, was ihm blüht, hätten Sie ihn lebend geschnappt", bemerkte Hunt.

Andrew murmelte einen Fluch, dann hob er die Stimme und sprach die Schar Bediensteter an, die dicht gedrängt im Flur standen. „Erkennt jemand diesen Mann? Haben Sie ihn schon einmal gesehen?"

Einer nach dem anderen kamen sie ins Arbeitszimmer und betrachteten den grausigen Anblick. Als auch Eliza versuchte, das Arbeitszimmer zu betreten, streckte Andrew den Arm aus und deutete nachdrücklich auf die Tür. „Raus."

Sie blieb mit großen Augen stehen und sah ihn verletzt an.

Sein Ausdruck wurde weicher und er trat ein paar Schritte auf sie zu. „Verzeihen Sie mir, dass ich so kurz angebunden bin. Ich will Ihnen diesen Anblick ersparen."

„Aber was, wenn ich ihn identifizieren kann?"

Er zog seine Jacke aus, breitete sie über der Brust des Mannes aus und bedeckte die blutende Wunde. „In Ordnung. Jetzt können Sie ihn sich anschauen."

Mit einem tapferen, entschlossenen Gesichtsausdruck trat Eliza vor. Sie schluckte angestrengt, dann schüttelte sie den Kopf. „Ich habe ihn noch nie gesehen."

„Komm, Liebes", sagte ihre Mutter und zog sie sanft aus dem Zimmer.

Smith und Jenners trafen ein und halfen ihm, den Leichnam zum Wagen zu schaffen. Währenddessen setzte er sie darüber in Kenntnis, was vorgefallen war.

„Nun, die Hauptakteure sind allesamt tot. Fehlt nur noch der Mittelsmann", sagte Jenners, als ob er ihn aufmuntern wollte.

„Woher willst du wissen, dass es einen Mittelsmann gibt?", fragte Smith.

„Den muss es geben. Charlotte hätte niemals ihren eigenen Arbeitgeber kontaktiert, um ihm die Pläne zu

verkaufen, die sie ihm gestohlen hat. Es muss ein Zwischen-
händler beauftragt worden sein, um einen passenden Käufer
zu finden. Zu dumm, dass die Akteure nicht genug Informationen ausgetauscht haben, um einen derartigen Anfänger-
fehler zu vermeiden. Wenn man darüber nachdenkt, ist es
irgendwie urkomisch", erklärte Andrews.

Jenners stützte sich mit den Unterarmen auf dem Wagen
ab. „Er hat dir den kleinen Finger gebrochen, hm?"

Er zuckte mit den Schultern. „Der wächst auch wieder
zusammen."

„Du willst uns also verlassen?"

Überrascht richtete er sich auf. „Wieso sagst du das?"

Jenners hob das Kinn und nickte in Richtung Haus. „Jeder
kann sehen, dass du völlig verrückt nach der Dame bist.
Wird auch Zeit, dass du endlich sesshaft wirst."

„Ich konnte die Zustimmung Ihres Vaters noch nicht
gewinnen", erklärte er mit einem schiefen Grinsen.

„Tja, womöglich hast du es dir gerade für immer mit ihm
verscherzt", bemerkte Smith.

Andrew warf ihm einen vernichtenden Blick zu. „Ich
weiß deinen Optimismus wirklich zu schätzen, Smith."

„Ach, der ist bloß schlecht gelaunt, weil er weiß, dass ich
den Gentleman geben werde, wenn du aufhörst, und er
meinen Kammerdiener spielen muss", tröstete ihn Jenners.

———

ERST SPÄT AM nächsten Morgen wachte sie auf und fühlte
sich genauso erschöpft und benommen wie in dem Moment,
als sie im Morgengrauen eingeschlafen war. Was sie nachts
zuvor im Arbeitszimmer gesehen hatte, sollte sie eigentlich
entsetzen, doch sie empfand nichts dergleichen – nur einen
perversen Stolz darüber, dass ihr Mann, Lord Darlington, so
spektakulär gekämpft hatte.

Was für eine zivilisierte Dame fand es denn reizvoll, ihren Mann bei einer Schlägerei zu beobachten?

Sie schauderte, als sie an die Gefahr dachte, in der Andrew sich befunden hatte. Und doch hatte er sich dieser Gefahr ohne offensichtliche Furcht gestellt. Er hatte sich nicht um seine Verletzungen gekümmert, und dabei hatte er sogar einen gebrochenen Finger! Sie liebte ihn als Gentleman, doch manchmal wusste man als Frau auch das Wissen darüber zu schätzen, dass der eigene Mann ein brutales, ungezähmtes Kräftemessen gewinnen konnte.

Sie frühstückte und zog sich anschließend mit ihrer Mutter in den Salon zurück, um ihre Stickereien fertigzustellen, als sie hörte, wie der Butler mit ihrem Vater sprach und einen Besucher ankündigte.

„Lord Auburn ist hier, um mit Ihnen zu sprechen, Sir."

Lord Auburn.

„Autsch!" Sie ließ die Nadel fallen und hob ihren Daumen an den Mund, um den Blutstropfen abzulecken.

Hatte ihr Vater etwa Lord Auburn eingeladen?

Allein beim Klang seines Namens zog sich ihr Magen zusammen.

„Bitten Sie ihn in mein Arbeitszimmer", erwiderte ihr Vater.

Sie warf ihrer Mutter einen Blick zu, die jedoch ebenso beunruhigt über den Besuch des anmaßenden Lords wirkte wie sie selbst. Sie konnte nicht anders, als sich an die Worte ihrer Mutter an ihren Vater zu erinnern, die sie mitgehört hatte. Ihre Mutter unterstützte die Partie mit Darlington.

„Was glaubst du, warum er hier ist?"

Ihre Mutter presste die Lippen zusammen. „Ich glaube, du weißt ganz genau, warum", erwiderte sie, doch ihre Augen blickten mitfühlend.

„Zieht Vater ihn noch immer vor?"

„Ich weiß es nicht", erwiderte ihre Mutter. „Er ist sich deiner Vorliebe durchaus bewusst."

„Mutter ...", fing sie an, verstummte jedoch augenblicklich. Sie wusste einfach nicht, was sie sagen sollte. Weder ihre Mutter noch ihr Vater hatten ihr Ausreißen tags zuvor, um Darlington zu heiraten, auch nur mit einem Wort erwähnt.

Ihre Mutter widmete sich hoch konzentriert ihren Stickereien. „Es wird sich alles fügen", erklärte sie lediglich.

„Wie wird sich alles fügen?"

Ihre Mutter zuckte mit den Schultern. „Ich weiß es nicht."

Eliza seufzte schwer, und die beiden Frauen verfielen in ein aufgeladenes Schweigen. Jede arbeitete an ihrem Stickring. Man konnte die Luft beinah mit einem Messer schneiden.

Als schließlich die Arbeitszimmertür aufging und die Stimmen der Männer den Flur hinunter wehten, legte Eliza ihre Handarbeit zur Seite und stand auf.

Ihr Vater bat Lord Auburn ins Zimmer. „Bitte, treten Sie auf einen Besuch herein", forderte er ihn auf.

Eliza biss die Zähne zusammen und verfluchte ihren Vater innerlich. Wie konnte er ihr das nur antun? Er wusste, dass sie Darlington liebte und Auburn verabscheute. Nichts, was nun während dieses albernen Salonbesuchs passierte, würde das ändern.

Sie machte einen halbherzigen Knicks. „Guten Tag."

Auburn verbeugte sich. In seiner teuren, schwarzen Weste sah er adrett aus wie eh und je.

„Miss Hunt. Wie reizend, Sie wiederzusehen."

Ihre Antwort war ein unverbindliches Räuspern. Sie setzten sich.

„Was für ein herrlicher Tag, nicht wahr?"

„Ach ja?", erwiderte sie. „Ich war heute noch nicht draußen." Sie wusste nicht, ob ihr Vater Auburn von den Aufregungen der letzten Nacht berichtet hatte, und Eliza empfand nicht das Bedürfnis, ihm davon zu erzählen.

„Ja, wirklich ausgesprochen herrlich."

Sie warf einen Blick aus dem Fenster, und als sie sich wieder zu ihrem Besucher umwandte, ertappte sie ihn dabei, wie er das Muttermal auf ihrem Gesicht anstarrte und scheinbar versuchte, seinen Ekel zu verbergen. Sie wurde rot. Die geballte Scham eines ganzen Lebens rauschte urplötzlich wieder durch sie hindurch. Sie wollte frech werden und ihn rundheraus fragen, was er denn von ihrem Muttermal halte, doch sie brachte ob dieser allzu vertrauten Wiederholung jeder sozialen Begegnung, jeden Balls, jeden Besuchs keinen Ton heraus, Situationen, in denen sie einfach nur unsichtbar sein wollte, um nie wieder mit irgendjemandem sprechen zu müssen. In diesem Moment konnte sie kein Quäntchen des Reizes oder des Selbstbewusstseins in sich heraufbeschwören, die Darlington so einfach in ihr entfachte.

Allerdings musste sie Auburn hoch anrechnen, dass er blamiert aussah, als sie ihn ertappte. Er räusperte sich. „Ich habe mich gefragt, ob Sie beabsichtigen, den Devonworth-Ball zu besuchen?", fragte er.

„Nein", erwiderte sie. Sie wollte kurz angebunden klingen, doch ihre Stimme verriet sie, denn sie brach.

„Oh, wie schade. Ich hätte sehr gern mit Ihnen getanzt."

Eher würde ich mich in einen See stürzen.

Sie brachte kein Wort heraus. Sie wünschte, sie wäre wie Lady Westerfield, die jeden Mann und jede Frau verzaubern und dabei dennoch ihre Meinung sagen konnte. Stattdessen saß sie mit einem Knoten in der Zunge, nervös verschränkten Fingern und völlig leer gefegtem Verstand da. Ihr fiel einfach nichts Höfliches ein, nicht einmal etwas Geistreiches, dass sie sagen würde, wäre sie so unverblümt wie Kitty Westerfield.

Wie immer wurde sie von ihrer Mutter errettet. „Das würde Eliza sicherlich gefallen, falls wir zum Ball gehen. Wir hatten einfach noch nicht die Gelegenheit, genauere Pläne zu schmieden."

„Ich verstehe", sagte Auburn. „Würden Sie gern spazieren gehen? Heute ist wirklich herrliches Wetter."

„Ich kann nicht", platzte sie hervor und zwang die Worte regelrecht aus ihrem Mund. Ihr Korsett schnürte ihre Rippen schmerzhaft ein und sie rutschte nervös in ihrem Sessel hin und her. „Ich ... ich fürchte, ich bekomme eine Erkältung. Ich meine, ich habe Kopfschmerzen", stammelte sie.

Auburn nickte. „Nun, ich will Sie nicht länger aufhalten. Ich komme ein anderes Mal wieder zu Besuch", erklärte er.

Sie erhob sich und warf ihm ein schwaches Lächeln zu. „Das ist nicht nötig", sagte sie und wollte sich in Luft auflösen.

Er verbeugte sich einmal mehr und verließ das Zimmer. Eliza folgte ihm auf den Fersen, ging jedoch geradewegs die Treppe hinauf in ihr Zimmer, starrte aus dem Fenster und blinzelte die Tränen zurück.

———

NACHDEM SEIN GEBROCHENER Finger gerichtet und geschient worden war, verbrachte er den Rest des Tages mit dem Schreiben von Berichten. Als er am Abend schließlich nach Hause zurückkehrte, war er völlig erschöpft. Er hatte zwei Nächte lang praktisch nicht geschlafen, und seine Augen waren trocken und brannten. Nach dem Kampf gestern Nacht hatte er sich noch immer nicht wieder hergerichtet, abgesehen davon, sich das Blut vom Gesicht zu waschen.

„Oh, Sir, Sie sehen ja schrecklich aus", gackerte Mrs. Fletcher, als er seine Wohnung betrat. „Haben Sie Hunger? Ich kann Ihnen auf der Stelle ein warmes Abendessen zubereiten."

„Vielen Dank", seufzte er. „Jetzt, wo Sie es sagen – ich bin am Verhungern."

„Diese Unterlagen sind heute von Ihrem Anwalt eingetroffen", erklärte seine Haushälterin eifrig und drückte ihm einen Stapel Papiere in die Hand.

Er nahm am Esstisch Platz, riss die Umschläge auf und überflog die Schriftstücke auf der Suche nach den wesentlichen Details.

Ein lautes Klopfen an der Haustür ließ ihn aufstöhnen und den Kopf in die Hände werfen.

„Keine Sorge, Sir. Ich werde den Störenfried schnell wieder abwimmeln", versicherte ihm Mrs. Fletcher und eilte zur Tür.

Als er jedoch Mr. Hunts Stimme vernahm, erhob er sich und ging hinaus, um den Mann zu begrüßen.

„Guten Abend, Mr. Hunt." Im nächsten Moment reichte er Hunt die Papiere seines Anwalts an. „Das hier könnte interessant für Sie sein – meinem Antrag auf den Titel meines Vaters wurde zugestimmt."

Hunt nahm das Bündel entgegen und blätterte durch die Seiten. Als er den Blick hob, funkelten seine Augen verschlagen. Seine Worte, jedoch, waren unerwartet. „Ob mit oder ohne Titel – Eliza gehört Ihnen", erklärte er.

Andrew starrte den älteren Mann an. Sein Verstand konnte die Worte, die er gerade gehört hatte, gar nicht so schnell verarbeiten. „Sind Sie …? Eliza gehört mir?"

„Sie haben ganz richtig gehört."

„Ich werde mich gut um sie kümmern, Sir", versprach er, und seine Euphorie vertrieb alle Erschöpfung.

„Das weiß ich, Darlington."

Er bot seine Hand an und sein zukünftiger Schwiegervater ergriff sie locker, um seinen gebrochenen Finger nicht erneut zu verletzen. „Was hat Sie dazu gebracht, es sich anders zu überlegen, wenn nicht mein Titel?“

„Ich habe Sie falsch eingeschätzt“, gestand Hunt. „Ich hatte vermutet, Sie hätten es nur auf Elizas Erbe abgesehen. Doch nachdem ich Sie beide zusammen erlebt habe, habe ich keinen Zweifel mehr an Ihrer aufrichtigen Zuneigung für meine Tochter.“

Emotionen ergriffen ihn: Eine Mischung aus ungezügeltem Beschützerinstinkt und einem unbändigen Stolz darüber, dass Eliza nun ihm gehörte. „Sie ist die einzige Frau für mich“, erklärte er.

„Ich glaube Ihnen“, sagte Hunt. „Also, wollen Sie mich nun ins Haus bitten, oder muss ich weiter in Ihrer Eingangshalle herumstehen wie ein Botenjunge?“

Andrew gluckste. „Bitte, kommen Sie herein. Mrs. Fletcher wollte gerade das Abendessen servieren. Möchten Sie mir Gesellschaft leisten?“

Die beiden Männer nahmen am Esstisch Platz. Die einstige Anspannung zwischen ihnen war gewichen, und sie ließen sich die Suppe und das frische Brot schmecken.

„Ehrlich gesagt habe ich meinen eigenen Anwalt damit beauftragt, sich Ihre Angelegenheiten etwas genauer anzusehen“, informierte ihn Hunt zwischen zwei Mundvoll Eintopf.

„Und?“

„Es wird eine ziemliche Investition vonnöten sein, um das Anwesen wieder in Schuss zu bringen.“

Die Anspannung, die ihn gerade erst losgelassen hatte, kehrte in seine Schultern zurück. „Nun, ich schätze, das sollte mich nicht weiter überraschen. Das Anwesen wird seit mittlerweile acht Jahren nicht mehr bewirtschaftet.“

„Planen Sie, es wiederherzurichten und sich um das Land und die Pächter zu kümmern?“

„Ja“, erklärte er, auch wenn ihm bei der Vorstellung, nach Stenwick zurückzukehren, übel wurde. Doch Eliza zuliebe würde er es tun. Sie hatte es verdient, eine Lady und Herrin eines Anwesens zu sein. Und sie hatte auch einen Ehemann verdient, der nicht davor zurückschreckte, sich seinen Dämonen zu stellen. Er konnte sich ja wohl kaum Mann nennen, wenn er eine längst vergangene Kindheit nicht loslassen konnte.

„Woher wollen Sie die Mittel für die notwendigen Renovierungen und Modernisierungen nehmen?"

Andrew legte seinen Löffel auf dem Tellerrand ab und seufzte. „Bei allem Respekt, Sir, ich hatte noch nicht die Gelegenheit, meine Optionen genauer zu erörtern."

Hunt wischte sich mit einer Serviette den Mund ab. „Ich kann die Arbeiten finanzieren."

Andrew starrte seinen potenziellen Gönner an. „Als Investition oder als Geschenk?"

Hunts Mundwinkel zuckten. „Sie gefallen mir, Sohn. Sie sind von Natur aus misstrauisch, genau wie ich. Ich würde Ihnen das Geld schenken, nachdem Sie meine Tochter geheiratet haben."

Andrew nickte. Etwas in ihm – sein Stolz – wollte dieses Geschenk ablehnen, aus Angst, Hunt könnte ihm für den Rest seines Lebens mit Forderungen und Erwartungen über die Verwaltung des Anwesens im Nacken sitzen. Doch es wäre Eliza gegenüber unfair, es abzulehnen, und vermutlich würde er sich Hunts starre Vorstellungen anhören müssen, ganz abgesehen davon, ob er das Geld annahm oder nicht.

„Vielen Dank, Sir. Ich weiß Ihre Großzügigkeit sehr zu schätzen."

„Wann wollen Sie heiraten?"

Er vertuschte seine Überraschung darüber, gefragt zu werden, anstatt es gesagt zu bekommen. „So bald wie möglich. Ich schätze, das genaue Datum ist den Damen überlassen. Ihre Frau hat womöglich schon eine Vorstellung davon, wie sich die ganze Angelegenheit abspielen soll."

Hunt lachte leise. „Damit haben Sie ganz sicher recht." Er erhob sich. „Apropos Mrs. Hunt, ich sollte zurück nach Hause. Ich werde Ihnen gestatten, uns zu besuchen und Eliza die gute Nachricht selbst zu überbringen."

Auch Andrew erhob sich und schüttelte erneut Hunts Hand. „Vielen Dank, Sir. Ich werde direkt morgen vorbeikommen."

Er brachte Hunt an die Tür. Nachdem er ihn verabschiedet hatte, ging er sofort hinauf in sein Schlafzimmer und ließ sich aufs Bett fallen. Doch er konnte einfach nicht einschlafen. Stattdessen blitzten unentwegt Erinnerungen an seine frühe Kindheit und an Stenwick in seinen Gedanken auf, die ihn die Fäuste ballen und die Zähne zusammenbeißen ließen, während er sich schlaflos im Bett hin und herwälzte.

SECHSTES KAPITEL

„Liebes ... eine verheiratete Frau hat bestimmte ... Verpflichtungen", begann ihre Mutter, während sie händeringend im Schlafzimmer auf und ab ging.

Eliza strich ihr Hochzeitskleid über ihren Knien glatt, zupfte ein unsichtbares Staubkorn vom Stoff und beobachtete ihre Mutter.

Wenn sie eine mitfühlendere Tochter wäre, würde sie die mühsame Rede ihrer Mutter unterbrechen und ihr erklären, dass sie bereits ein angemessenes Verständnis von den Erwartungen hätte, die ein Ehemann an seine Braut stellen könnte. Stattdessen wartete sie ab, neugierig darauf, wie ihre Mutter es beschreiben würde.

„Dein Ehemann wird bestimmte Bedürfnisse haben ... Und, nun ja, du hast gewisse Verpflichtungen."

Eliza unterdrückte ein Kichern.

„Er wird von dir erwarten, dass du ..." Ihre Mutter wedelte mit der Hand durch die Luft. „Er wird ..." Sie kam ins Stocken, drehte sich um und bemerkte Elizas Belustigung. Empört stieß sie den Atem aus. „Du bist dir über deine Verpflichtung, ihm Kinder zu schenken, bewusst?"

Jetzt musste sie wirklich lachen. „Ja, Mutter. Ich bin mir meinen Pflichten als Ehefrau bewusst."

Nun konnte sich auch ihre Mutter ein zögerliches Lächeln nicht verkneifen. „Nun, weißt du auch, wie diese Sache vonstattengeht?"

Wieder senkte Eliza den Blick zu ihrem Rock und suchte eingehend nach weiteren Staubkörnern oder losen Fäden. „Nicht ganz genau, doch ich bin mir sicher, dass Lord Darlington es wissen wird."

Ihre Mutter nahm auf der Bettkante Platz. „Ja, ja, ich denke auch. Es ist nur so … ich will es dir selbst erklären …"

„Hast du einen Rat?", half sie ihrer Mutter auf die Sprünge. „Wie es gut wird?"

„Um Himmels willen, nein!", rief ihre Mutter aus und sah noch verlegener aus. „Nur, dass es wehtun könnte. Aber du darfst dich ihm nicht verweigern."

Sie runzelte die Stirn. „Das ist dein Ratschlag?"

Ihre Mutter erhob sich. „Nun, wie auch immer!", schimpfte sie. „Ich bin mir sicher, du wirst noch dahinterkommen, so wie alle Bräute." Sie ging zur Tür.

„Warte, Mutter", sagte Eliza versöhnlich.

Ihre Mutter blieb stehen und drehte sich zu ihr herum.

„Wird es immer wehtun?"

„Nein, nein", erwiderte ihre Mutter. „Das hätte ich nicht sagen sollen. Am Anfang tut es ein wenig weh, aber sobald du Kinder hast, überhaupt nicht mehr. Je mehr Sorgen du dir machst, dass es wehtun könnte, umso unangenehmer wird es, also denke am besten gar nicht darüber nach."

Sie verspürte eine Woge des Mitgefühls für ihre Mutter, deren Worte ganz und gar nicht zu den Erfahrungen passten, die sie selbst mit ihrem Verlobten gemacht hatte. Auch wenn sie Schmerzen empfunden hatte – durch sein Spanking oder als er in ihr Hinterloch eingedrungen war – hatte die Lust, die er ihr beschert hatte, stets überwogen. Vielleicht war der Liebesakt, dessen Beschreibung ihre Mutter so krampfhaft vermeiden wollte, tatsächlich viel schlimmer. Doch irgendwie wagte sie, das zu bezweifeln.

„Ist es jemals … vergnüglich?"

Ihre Mutter erstarrte. „Es geht nicht um Vergnügen. Es geht um die Fortpflanzung."

„Also übt ihr es nicht länger …"

„Doch, selbstverständlich üben wir es noch aus", erwiderte ihre Mutter und ihre Wangen wurden feuerrot. „Wie ich vorhin versucht habe, zu erklären, haben Männer bestimmte Bedürfnisse. Deine Pflicht ist es, ihm entgegenzukommen, wann immer er es von dir verlangt."

„Ich kann mir nicht vorstellen, dass Lord Darlington mir eine Wahl lässt", bemerkte sie, als sie an die vielen Freiheiten dachte, die er sich bereits mit ihr genommen hatte.

Ihre Mutter sah regelrecht entsetzt aus. „Nun. Hast du noch weitere Fragen?"

Sie erhob sich. „Nein, ich denke, ich werde schon dahinterkommen, wie du sagtest."

„Nun, also. Lass uns im Salon auf deinen Vater warten, damit er uns zur Kirche begleitet."

Wie sich herausstellte, wartete ihr Vater bereits auf sie, und gemeinsam gingen die drei zur Kutsche.

„Bist du bereit?", fragte ihr Vater brüsk, als sie Platz genommen hatten, und warf ihrer Mutter einen fragenden Blick zu.

Als ihr bewusst wurde, dass ihr Vater über das Thema ihrer unbeholfenen Unterhaltung Bescheid wusste, wurde sie rot. „Danke, Vater", erwiderte sie und wechselte das Thema, „dass ich Andrew heiraten darf. Und für das Geld, das du ihm angeboten hast, um Stenwick wieder instand zu setzen. Das ist ausgesprochen freundlich von dir."

Ihr Vater winkte ihren Dank ab, sah jedoch erfreut aus. „Du hast geglaubt, ich würde dich zwingen, Auburn zu heiraten, als er neulich zu Besuch kam, habe ich recht?"

„Du hättest mich das nicht glauben lassen dürfen", schalt sie ihn.

Er grinste und blickte sie liebevoll an. „Die Wahrheit ist, dass ich gar nicht erpicht darauf bin, dich so schnell loszuwerden, Elizabeth Grace. Du hast deiner Mutter und mir im Laufe der Jahre sehr viel Freude bereitet."

Ihre Augen brannten. „Oh, Papa. Lass das", bat sie ihn.

Die Kutsche fuhr an der Kirche vor, und Eliza warf einen Blick aus dem Fenster. Dort, an der Steinwand, lehnte ihr Bräutigam, dessen anmutige Gestalt und entspannte Haltung sie gleichermaßen beruhigten und nervös machten. Seinem von Anfang so vertrauten Verhalten ihr gegenüber nicht unähnlich, hatte auch sie nun das seltsame Gefühl, bereits mit ihm verheiratet zu sein, dass er immer schon ihr Mann war, und nun einfach auf sie wartete.

Er trat auf die Kutsche zu, legte seine große Hand auf ihre Taille und half ihr aus der Kutsche. Er lächelte sie an und seine Augen strahlten.

Ich liebe dich, schien sein Blick zu sagen. *Ich habe dich immer schon geliebt.*

Er griff nach ihrer Hand und hakte sie bei sich ein, dann führte er sie in die Kirche. „Sie haben es sich nicht etwa anders überlegt, oder?"

„Sie wissen, dass ich das nicht getan habe", murmelte sie.

„Ich kann es gar nicht erwarten, bis Sie endlich Lady Darlington sind", erklärte er mit einem anzüglichen Funkeln in den Augen.

Sie unterdrückte ihr Kichern.

Normalerweise würden solche Situationen ihr schreckliches Unbehagen bereiten. Sie konnte es nicht ertragen, im

Mittelpunkt zu stehen, obwohl heute nur der Pastor, seine Frau und ihre Eltern anwesend waren. Doch Andrews starke Gegenwart und seine neckende Vertrautheit vernichteten ihre übliche Anspannung und sie schritt erhobenen Hauptes zum Altar.

Der Pastor schlug das *Book of Common Prayer* auf und begann mit der langen Zeremonie. Schließlich wies er sie an, sich bei den Händen zu nehmen und ihre Gelübde zu sprechen. Andrew förderte den Goldring zutage, den er auf das Gebetbuch legte, damit der Pastor ihn segnete, bevor er ihn Eliza an den Finger steckte. Zur Verlobung hatte er ihr bereits einen wunderschönen Ring mit einem großen, quadratischen grünen Stein geschenkt. Sie knieten sich zum Gebet, und wieder wies sie der Pastor an, sich an den Händen zu halten, und erklärte sie schließlich zu Mann und Frau.

Während der Pastor den Psalm anstimmte, warf Andrew ihr aus dem Augenwinkel einen Blick zu, und derselbe, verdorbene Ausdruck, den sie bereits beim Betreten der Kirche bemerkt hatte, blitzte erneut in seinen Augen auf. Sie wurde rot vor Scham, denn der Pastor konnte die Fleischeslust im Blick ihres Mannes unmöglich übersehen.

Endlich unterschrieben sie im Urkundenbuch und Andrew führte sie aus der Kirche und zu seiner Kutsche.

„Ich wünschte, wir könnten den Empfang einfach überspringen und direkt zu mir nach Hause fahren", murmelte er leise.

„Andrew!", schalt sie ihn. „Ich glaube, auch der Pastor wusste ganz genau, was Sie sich wünschen!"

Sein Mund verzog sich in ein ungezogenes Grinsen. „Oh, das wage ich zu bezweifeln. Wenn er wüsste, was ich mit dir vorhabe, hätte er uns nie im Leben getraut."

„Nun", erwiderte sie und legte eine Unschuldsmiene auf. „Meine Mutter hat mich heute Morgen darüber aufgeklärt, dass ich Ihnen … dir entgegenkommen muss, wann immer du es von mir verlangst."

Andrew warf den Kopf in den Nacken und lachte, und dieser volle, tiefe Klang wärmte sie von innen.

Sie klimperte mit den Wimpern. „Sollte ich Angst haben?"

Er griff nach ihrer Hand und hob sie an seinen Mund, dann überraschte er sie, indem er den Stoff zwischen die Zähne nahm und fest an ihrem Handschuh zerrte.

Sie stieß einen leisen Schrei aus und kicherte, als er ihr den Handschuh von der Hand riss wie ein wildes Tier.

„Ja, Geliebte. Du solltest schreckliche Angst haben."

———

ER BEWUNDERTE Elizas wohlgeformte Figur im eleganten, weißen Muslinkleid, während sie auf der anderen Seite des Gesellschaftszimmers im Haus der Hunts stand. Mrs. Hunt hatte einen bescheidenen Hochzeitsempfang ausgerichtet, um die Eheschließung zu feiern. Zwei Dutzend Gäste hatten sich zu diesem späten Frühstück versammelt, einschließlich der Westerfields und einigen bekannten Gesichtern der oberen Zehntausend. Seine Schwiegermutter hatte angeboten, auch Direktor Dinshaw sowie Jenners und Smith einzuladen, doch er hatte dankend abgelehnt. Er hatte kein Interesse daran, die Vermischung zweier so unterschiedlicher sozialer Gruppen zu erzwingen.

Es war schmerzhaft genug, seine Braut dabei zu beobachten, wie sie versuchte, sich unsichtbar zu machen. Ihr klammernder Griff an seinem Arm hatte sich in einen regelrechten Schraubstock verwandelt, als sie eingetroffen waren und eine Runde durch den Raum gedreht hatten. Er hatte versucht, sie zu beruhigen, hatte seine Hand auf ihre gelegt und ihr kleine Scherze ins Ohr geflüstert, die nur sie hatte hören können. Doch nun waren sie getrennt worden, und der verschlossene Blick auf ihrem Gesicht verriet ihm, dass sie am liebsten im Fußboden versinken wollte.

„Würden Sie mich bitte kurz entschuldigen?", sagte er murmelnd zu den Gentlemen, mit denen er sich gerade unterhielt. „Ich bin schon zu lange von meiner Frau getrennt."

Die Männer lachten wissend. Er durchquerte den Raum, um Eliza zu retten.

„Du bist die schönste Dame im ganzen Zimmer", wisperte er in ihr Ohr. „Wenn du dich nicht auf der Stelle auch so verhältst, sehe ich mich gezwungen, dir in unserer Hochzeitsnacht den Hintern zu versohlen."

„Ich würde liebend gern ein Spanking von dir erhalten, wenn ich dadurch eine Entschuldigung hätte, diese Party zu verlassen", erwiderte sie, und als er das hörte, drängte sein Schwanz gegen seine Hose.

Zu erkennen, wie empfänglich seine Braut für ihre Bestrafung war, ließ einen regelrechten Heißhunger für sie in ihm aufsteigen. Er vergaß sein ursprüngliches Vorhaben, sie zur Geselligkeit zu überreden, völlig, und sein Blick wanderte rastlos durchs Zimmer, während er sich fragte, wie lange sie wohl noch bleiben mussten. „Du kannst unmöglich verstehen, was du mit mir anstellst, Geliebte."

Sie hob den Blick und ihre steife Maske verwandelte sich in ein weiches, verführerisches Lächeln. „Ich weiß nicht, was meine Mutter mir heute Morgen über meine Pflichten im Schlafzimmer erklären wollte, doch ich bezweifle, dass es etwas mit Spanking zu tun hatte."

Er grinste. „Vielleicht ist sie einfach nicht so unartig wie du?"

„Wenn ich es mir recht überlege, glaube ich, dass Lady Westerfield ebenfalls ein gutes Spanking zu schätzen weiß."

Er bemühte sich, seine Überraschung zu verstecken, während gleichzeitig sein Schwanz vor Vorfreude zuckte.

„Ich weiß, ich habe das Thema selbst zur Sprache gebracht, aber ich fürchte, wenn du noch länger darüber sprichst, werde ich mein Verlangen, diese Angelegenheit auf der Stelle in Angriff zu nehmen, nicht länger zügeln können."

Eliza kicherte, ein melodischer Klang, der so befreit von ihrer anfänglichen Zurückhaltung war, dass es sein Herz erfüllte, ihn zu hören.

„Darüber sprechen wir heute Abend weiter, gleich, nachdem ich dir dein erstes Spanking als meine Ehefrau verpasst habe."

„Wie hast du es nur angestellt, mir erst mit der Züchtigung zu drohen und sie mir schließlich zu versprechen?"

Er grinste. „Du hast dein Verhalten noch nicht gebessert."

Skeptisch zog sie eine Augenbraue hoch. „Hast du mir denn Gelegenheit dazu gegeben?"

Er hielt ihr seinen Ellbogen hin. „Einverstanden. Lass uns zusammen eine Runde drehen. Bemühe dich, deinem Ehemann an deinem Hochzeitstag zu gehorchen, damit du später am Abend nicht seine flache Hand zu spüren bekommst."

Seine hübsche Braut bemühte sich tatsächlich, ihr Auftreten in der Gesellschaft zu verbessern. Auch wenn sie nicht viel sprach, war ihr Griff um seinen Arm diesmal nicht so verkrampft wie zuvor. Sie lächelte und sah einigen der Gäste in die Augen, murmelte ihren Dank und andere Höflichkeiten.

Erst am Abend, als die letzten Gäste die Party verlassen hatten, konnten sie sich endlich in sein Zuhause – nein, *ihr* Zuhause, bis sie nach Stenwick zogen – zurückziehen. Dort angekommen, führte er sie in sein Schlafzimmer. Als sie eintraten, bemerkte er, wie kalt ihre Hände waren.

„Bist du nervös?"

„Ein bisschen", gestand sie und suchte seinen Blick.

Er lächelte, nahm ihr Gesicht in die Hände und hob ihren

Mund an seine Lippen. Er küsste sie innig, dann sagte er. „Ich liebe dich, Eliza. Heute Nacht bist du endlich mein." Er drehte sie um und löste die Knöpfe ihres Kleids. „Ich bedaure, dass ich mir noch kein Zimmermädchen leisten kann, um dich an- und auszukleiden. Ich hoffe, du akzeptierst stattdessen meine unbeholfenen Versuche."

„Ich ziehe deine unbeholfenen Versuche einer Bediensteten jederzeit vor. Ich habe mich mit meinen Mädchen nie wohlgefühlt."

Er strich ihr die Haare aus dem Nacken und drückte ihr einen Kuss hinter das Ohr. „Ich hoffe, das lag nicht daran, dass du dich nicht für würdig gehalten hast?"

Eine leichte Röte stieg in ihre Wangen, und sie schlug die Augen nieder und starrte auf ihre Schuhspitzen.

„Ich hoffe, dir heute Abend endlich beizubringen, wie wunderschön du bist", sagte er und seine Stimme klang rau. Er zog sich einen Stuhl heran, nahm darauf Platz und sah sie an. „Zieh deine Sachen aus und zeig mir, was nun mir gehört. Alle deine Sachen."

„An-*drew*", protestierte sie und blickte ihn flehend an.

„Du hast mich gehört, Darling. Gehorche, oder lass die Konsequenzen über dich ergehen."

IHR GESICHT BRANNTE, als sie die Arme aus den bauschigen Ärmeln ihres Hochzeitskleids zog und es in einer weißen Wolke zu ihren Füßen sank. Als sie in nichts als ihrem Korsett, der Unterhose und ihren Strümpfen vor ihrem frisch gebackenen Ehemann stand, fühlte sie sich unter seinem lüsternen Blick, mit dem er sie betrachtete, zunehmend unbehaglich.

„Andrew … ich kann nicht", flehte sie. Ihre Unterwäsche

bei brennendem Licht auszuziehen und dabei von ihrem Mann beobachtet zu werden, verlangte ihr zu viel ab.

„Du brauchst dich nicht vor mir verstecken", schmeichelte er und der Anflug eines Lächelns spielte in seinen Mundwinkeln, auch wenn ihm die verschränkten Arme vor seiner Brust eine unerbittliche Haltung verliehen.

„Bitte? Bitte, zwing mich nicht. Lösche das Licht und nimm mich unter der Decke, oder entkleide mich einfach selbst, aber bitte … ich kann einfach nicht."

„Du weißt, was die Konsequenzen für Ungehorsam sind?"

Sie schloss die Augen und spürte, wie das Zittern in ihren Beinen stärker wurde. „Das weiß ich", wisperte sie.

„Beuge dich über das Bett, Darling."

Halb erleichtert, halb verängstigt drehte sie ihm den Rücken zu, klappte ihren Oberkörper über sein Bett und vergrub das Gesicht in der Bettdecke.

„Alberne Gans", sagte er. Seine Stimme war warm und liebevoll, und er streichelte sanft über ihren Hintern. Als seine Finger im Schlitz ihrer Unterhose verschwanden und ihre Haut berührten, schauderte sie. Ihre Haut kribbelte bei dieser unerwartet intimen Berührung.

Die Erinnerung an das erste Spanking, das er ihr verpasst hatte, blitzte in ihren Gedanken auf – ihre verblüffte Unterwerfung, die Art und Weise, wie er sie entblößt und ihre Haut mit Striemen bedeckt hatte, während er gleichzeitig praktisch seine Leidenschaft für sie gestanden hatte. Feuchtigkeit sammelte sich zwischen ihren Beinen, als sie an die Sinnlichkeit dachte, die jede seiner Züchtigungen ausgeteilt hatte.

Andrew griff um ihren Körper und zog am Schnürband ihrer Unterhose. Der Stoff glitt über ihre Hüfte und entblößte ihren Hintern für seinen Blick. Beschämt vergrub sie den Kopf noch tiefer in der Bettdecke.

„Ungehorsam hat Konsequenzen, Lady Darlington", ließ er sie mit nun strenger Stimme wissen.

„Ja, Mylord", murmelte sie. Sie konnte nicht sagen, ob die Erwartung, die durch ihren Bauch flatterte, Vorfreude oder Angst war.

Ich liebe dich.

Diese Worte blitzten in ihren Gedanken auf, doch sie sprach sie nicht aus. Seltsame Worte in einem solchen Moment, aber die Gefühle waren echt.

Ich liebe dich und ich werde mich dir hingeben, wie du willst, wie immer du es von mir verlangst.

Er musste nicht beweisen, dass sie ihm gehörte – das wusste sie längst, bis ins Innerste ihres Seins. Sie hatte es von dem Augenblick an gewusst, als sie sich das erste Mal begegnet waren, als er sie angesehen hatte, ohne zurückzuschrecken, und ihr wahres Ich erkannt hatte, das sie unter ihrer unvollkommenen Haut versteckt hatte. Sogar damals hatte sie seinem Befehl Folge geleistet, als er sie aufgefordert hatte, zu atmen. Er hatte gewusst, dass sie litt, und hatte diese Last mit ihr geteilt, als ob sie bereits damals ein Paar gewesen wären.

Der Klang von verdrängter Luft tönte in ihren Ohren, und einen Bruchteil einer Sekunde später breitete sich Feuer auf ihrem Hintern aus. Sie schnappte nach Luft, dann wimmerte sie leise. Die Reitgerte. Jeder Muskel in ihrem Körper spannte sich an, machte sich bereit, einen weiteren Hieb zu empfangen. Doch stattdessen tippte Andrew mit dem Foltergerät nur leicht auf ihre bebenden Backen.

„Du musst dich nie vor mir verstecken, süße Eliza", sagte er, und seine Stimme war nun wieder vom warmen Tonfall der Zuneigung durchzogen und wärmte all jene Stellen in ihr, die bisher noch nicht in Flammen standen.

Erneut sauste die Gerte auf ihren Hintern herunter und hinterließ einen schwindelerregenden Streifen des Feuers.

Ihr *Hmpf* drang gedämpft zwischen den Kissen hervor. Er verpasste ihr zwei weitere Hiebe, bevor sie wieder zu Atem kam. Sie versuchte, ihre Stimme wiederzufinden, um ihn anzubetteln, aufzuhören, doch er sagte: „Noch einen Hieb, Eliza, und dann werde ich die Lampe löschen und dich unter der Bettdecke nehmen."

Sie entspannte sich, als sie wusste, dass sie nur noch einen Hieb erleiden musste. Doch Andrew sorgte dafür, dass dieser letzte Schlag wirklich entsetzlich war, und sie stieß einen kurzen Schrei aus. Als sie wieder zu sich gekommen war, bemerkte sie, dass ihr Mann neben ihr kniete, ihre Strumpfhalter löste und die zusammengedrückte Haut darunter küsste. Mit einer Sinnlichkeit, die sie nicht für möglich gehalten hatte, rollte er ihr die Strümpfe ihre Beine hinunter. Ihre Knie zitterten noch immer, und sie versuchte befangen, sich seinem Griff zu entziehen, doch er hielt die Rückseiten ihrer Oberschenkel fest und murmelte mit rauer Stimme: „Ich liebe es, wenn du für mich bebst."

Feuchtigkeit sickerte aus ihrem Geschlecht hervor und benetzte ihre Schenkel. „Andrew", war alles, was sie herausbrachte.

Flackernd erlosch die Lampe und Dunkelheit umfing sie. Sie hob den Kopf aus der Bettdecke, drehte sich zu ihm um und sank in seine Arme. Ihre Beine waren zu schwach, um sie noch zu tragen. Andrew hielt sie fest, scheinbar ohne etwas anderes vorzuhaben. Tief atmete er den Duft ihres Nackens ein.

„Ich liebe deinen Duft."

Sie stieß ein undefiniertes Geräusch aus, und er küsste ihren Nacken.

„Ich liebe deine seidigen Haare und deine weiche Haut. Ich liebe den Klang deiner Stimme, sogar, wenn du nicht sprichst."

Sie kicherte. „Wie bitte?"

Er lachte, hakte seinen Arm unter ihre Kniekehlen und hob sie hoch wie ein Baby, dann warf er sie aufs Bett. „Ich meine damit, dass ich weiß, was du denkst – wie du klingen würdest, wenn du aussprechen würdest, was du denkst."

Sie lächelte in der Dunkelheit und Seligkeit erfüllte sie. „Du weißt wirklich, was ich denke, habe ich recht?"

Er gluckste. „Nicht immer. Du erinnerst dich sicher, dass ich dich für eine Weile für meine kleine Verräterin gehalten habe." In Rekordzeit zog er seine Sachen aus und krabbelte über sie. Als sich ihre Augen an die Dunkelheit gewöhnt hatten, erkannte sie die attraktiven Züge seines Gesichts, das sich für einen Kuss zu ihr herabsenkte. „Ehrlich gesagt war das ein sehr unterhaltsames Spiel. Vielleicht können wir irgendwann noch einmal Spion und Meisterspion spielen. Es würde mir gefallen, dich noch einmal zu fesseln und zu verhören."

Er schob sein Knie zwischen ihre Schenkel und spreizte ihre Beine.

„*Unter* der Bettdecke, das hast du mir versprochen", erinnerte sie ihn.

Er lachte. „Heute Abend werde ich dir ausnahmsweise deinen Willen lassen, Süße. Aber ab morgen darf ich dich inspizieren, wie ich will."

„Ja, Mylord", erwiderte sie mit gespielter Sittsamkeit.

Er zerrte die Decke unter ihnen hervor, und sie krabbelte darunter und rutschte bis an die Bettkante.

„Wo willst du hin, meine Geliebte?", fragte er und legte sich neben sie. Er breitete die Decke über ihnen aus, dann zog er Eliza zurück in die Mitte des Bettes, wo er ihren Körper mit seinem bedeckte. „Ich glaube, ich wollte dich gerade plündern."

Nun spreizte sie die Beine, begierig darauf, die wachsende Erregung tief in ihrem Innern zu befriedigen. „Plündere mich", wisperte sie.

Er stöhnte und sein hartes Geschlecht presste zwischen ihre Beine, so eifrig wie ihr eigenes, feuchtes Gegenstück. Er griff nach seinem Schwanz und rieb mit der Spitze durch ihre Öffnung, forderte sie wortlos auf, sich für sein Eindringen zu öffnen. Sie krallte die Finger in die festen Muskeln seiner Schultern, hob ihm ihr Becken entgegen und drängte ihn, sie zu erobern.

„Plündere mich, Andrew, jetzt!", flehte sie.

Er stieß ein ersticktes Geräusch aus. „Oh, Himmel, Eliza. Ich kann nicht langsam machen. Ich muss in dir sein … *sofort*", sagte er, stieß in sie hinein und überwand den kleinen Widerstand dort. Sie verspürte keine Schmerzen – nur Verwunderung über die Empfindung und dann ein umso stärkeres Verlangen. Für einen Moment bewegte er sich nicht länger, und sie hob sich ihm entgegen und rieb ihr Geschlecht über seinen Schaft.

„Oh, Eliza!", rief er aus und begann umgehend, in sie hineinzustoßen, eine erschreckende, unfassbare Empfindung. Es war beinah mehr, als ihre Sinne begreifen konnten. Sie schloss die Augen, warf den Kopf hin und her und stöhnte leise.

Er hielt inne. „Geht es dir gut?"

„Hör nicht auf, um Himmels willen!", rief sie, und er lachte, nahm seine Stöße erneut auf und hämmerte mit einer solchen Wucht in sie hinein, dass sie schon glaubte, er würde sie entzweispalten.

Schließlich stieß er einen erstickten Schrei aus und versank tief in ihr. Sein Schwanz pulsierte. Irgendwie verstand ihr Körper, dass dies das Ende war, und sie schlang die Beine um seinen Rücken und hielt ihn fest, während sich ihr eigenes Geschlecht in Woge um Woge der puren Lust um ihn zusammenzog und wieder losließ.

„Süße Eliza", summte Andrew und ließ sich neben ihr auf das Bett sinken, ihre Körper noch immer vereint. „Du bedeutest mir alles."

SIEBTES KAPITEL

Unentwegt wickelte er einen losen Faden um seinen Finger, wickelt ihn ab, wickelt ihn wieder auf. Seine Schultern waren so angespannt wie die Landschaft, durch die sie fuhren, felsig war. Bisher hatte er auf der Kutschfahrt nach Stenwick kaum ein Wort gesagt, und Eliza hatte es längst aufgegeben, ihn in eine Unterhaltung verwickeln zu wollen. Hin und wieder warf sie ihm einen besorgten Blick zu, doch zum Glück hatte sie ihn noch nicht mit Fragen darüber, ob etwas nicht stimme oder warum er so schlechte Laune hätte, in den Wahnsinn getrieben.

Er war dankbar dafür, eine so intelligente, aufmerksame Frau zu haben, anstatt einer geistlosen Gans, die ihm das Ohr abkaute und ihn damit löcherte, ihr seine Gedanken mitzuteilen.

Trotzdem, es machte keinen Unterschied. Mit jeder Meile, die sie seinem Kindheitszuhause näherkamen, zog sich seine Brust mehr und mehr zusammen, bis er sich schließlich in einem Zustand absoluter Atemnot befand. Als sie um die letzte Kurve bogen und das Herrenhaus vor ihnen auftauchte, drehte sich sein Magen um. Er hatte neue Hausangestellte angeheuert und sie bereits vor einer Woche vorgeschickt, damit sie das Haus lüfteten und es für ihre Ankunft vorbereiteten. Als die Kutsche vor der Tür hielt, kamen die Bediensteten aus dem Haus, um sie zu begrüßen.

„Willkommen, Mylord", sagte einer der Männer und trat vor. Hinter ihm richtete sich ein älterer Mann auf und versuchte ebenfalls, vorzutreten, wurde jedoch von einer Frau, die die Haushälterin sein musste, und einem weiteren Mädchen zurückgehalten.

„Es ist alles vorbereitet. Allerdings befanden sich weitere Angestellte auf dem Gelände, als wir eintrafen."

„Willkommen, Mylord", meldete sich der ältere Mann zu Wort. Neben ihm stand eine weißhaarige Frau.

Ein eiskalter Schauder lief Andrew den Rücken hinunter, und ein Anflug von Schwindel erfasste ihn und ließ ihn beinahe in die Knie gehen.

„Johnson", krächzte er und starrte den alten Butler seines Vaters an. „Sie sind all die Jahre hiergeblieben?"

Der Mann streckte die Brust heraus. „Wir wollten das Anwesen für Ihr Eintreffen in Schuss halten, Mylord. Wir hatten immer gehofft, Sie würden eines Tages zurückkehren."

Andrews Blick fiel auf die Frau neben dem alten Mann. „Mrs. Johnson", begrüßte er sie schwach.

Es sollte ihn nicht so krank machen, diese Gestalten aus seiner Vergangenheit wiederzusehen, doch das tat es. Irgendwo, mit all seiner Scham und seiner Wut verkettet, lauerte die Tatsache, dass diese Bediensteten, die die Grausamkeiten seines Vaters bezeugt hatten, ihm bis jetzt, über seinen Tod hinaus, die Treue gehalten hatten.

Andrew biss die Zähne zusammen. Er war entschlossen, sie so schnell wie möglich loszuwerden. „Nun, wir werden diese Angelegenheit umgehend klären", sagte er. „Das hier ist

Lady Darlington, Ihre neue Herrin", fuhr er fort und stellte seine Frau den Anwesenden vor. „Ich bin mir sicher, Sie werden ihr helfen, sich hier in Stenwick gut einzuleben."

Die Bediensteten murmelten ihre Zustimmung und begleiteten sie beflissentlich ins Haus, erkundigten sich nach der langen Fahrt und servierten den Nachmittagstee. Er versuchte, dem Butler zuzuhören, den er neu angestellt hatte – Sherman –, während der versuchte, ihm einen umfassenden Bericht über den Zustand des Anwesens zu geben. Johnson hielt sich im Hintergrund und wartete offensichtlich nur darauf, seine eigene Sichtweise zu schildern. Die Rivalität zwischen den beiden Männern war unverkennbar. Eliza, die natürlich nicht losmarschiert war, um ihren neuen Angestellten Anweisungen zu erteilen, trug ihre verschlossene Maske und wirkte einmal mehr so, als wollte sie sich am liebsten unsichtbar machen.

„Zunächst einmal trinken wir in Ruhe unseren Tee, bevor wir uns den Angelegenheiten des Haushalts zuwenden", blaffte er und wedelte mit einer autoritären Geste in der Luft herum, die ihn selbst überrumpelte.

Alles in diesem Haus erstickte ihn – der Geruch, die vertrauten Möbel, die Gemälde, die verblichenen Vorhänge, die ausgetretenen Perserteppiche. Er wollte nichts lieber, als ein Streichholz anzuzünden und das ganze Gebäude abzufackeln.

Die Bediensteten ließen sie im Salon allein, und eine aufgeladene Stille breitete sich zwischen seiner Frau und ihm aus. Er glaubte, sie würde sprechen, doch sie sagte nichts. Vielleicht verharrte sie noch immer in ihrer Mauerblümchenrolle, oder vielleicht wollte sie ihn nicht aufregen. Seine frühere Dankbarkeit für ihr Schweigen während der Fahrt verwandelte sich nach und nach in Groll. Konnte sie ihm nicht irgendwie zu Hilfe eilen?

Doch das war nicht fair. Dass er nicht zurechtkam, war

nicht ihre Schuld, noch konnte er ihr seine Unfähigkeit, seine schreckliche Stimmung abzuschütteln, zum Vorwurf machen. Schweigsam saßen sie da und nippten an ihren Teetassen.

„Andrew?"

Der Klang seines Namens aus ihrem Mund riss ihn aus seiner Träumerei.

„Hm?"

„Du wirst sie doch nicht vor die Tür setzen, oder?"

Seine Augen wurden schmal. „Wen?"

„Die Johnsons", erwiderte sie mit einem Anflug von Ungeduld.

„Und warum um alles in der Welt sollte ich das nicht tun?", fuhr er sie an. „Was kümmert dich das überhaupt?"

Sie saß regungslos und blinzelnd da. Ihr Ausdruck verriet nichts. „Ich bin mir sicher, dass sie geblieben sind, weil sie nirgendwo anders hinkonnten. Und so, wie es aussieht, haben sie sich ordentlich um das Anwesen gekümmert. Wären sie nicht geblieben, hätten die Elemente das Haus in eine Ruine verwandelt."

Er sprang auf und ging im Zimmer auf und ab. „Sie haben die letzten acht Jahre von meinem Erbe gelebt."

„Du hast dein Erbe nicht eingefordert", argumentierte sie und stand ebenfalls auf, um zu ihm zu treten.

„Du weißt also am besten, wie dieser Haushalt zu führen ist, was? Ich habe nicht gehört, wie du seit unserer Ankunft auch nur einmal den Mund aufgemacht hättest!", warf er ihr vor. Er konnte die verletzenden Worte nicht aufhalten, die aus seinem Mund kamen.

„Beruhig dich, Andrew."

Etwas Schlimmeres hätte sie nicht sagen können. Zu hören, er solle sich beruhigen, ließ ihn aus der Haut fahren. Er griff nach ihrem Arm, stieß sie hinunter auf das Sofa und versohlte ihr durch den Rock hindurch den Hintern. Er schlug fest und schnell zu, und seine flache Hand landete schallend auf ihrer Haut. Als er wieder zu Sinnen kam, erstarrte er, die Hand noch in der Luft erhoben.

Was in Gottes Namen tat er denn da?

Er war zu seinem eigenen Vater geworden – ein Monster seiner eigenen Frau gegenüber, eine Gefahr für alle um ihn herum.

Entsetzt taumelte er zurück. „Es tut mir leid", stieß er hervor. „Eliza – es tut mir so leid." Er flüchtete aus dem Zimmer, ignorierte die Angestellten, die im Flur warteten, und stürmte aus der Haustür.

Seine Füße blieben nicht stehen, bis er an den leeren Ställen angekommen war, und urplötzlich begriff er, warum sie ihn hierhergeführt hatten. Das war der Ort gewesen, an dem er sich als Kind immer versteckt hatte, wenn sein Vater getrunken oder seine Eltern gestritten hatten.

Doch diesmal konnte er sich nicht vor seinem Vater verstecken. Diesmal war er der Mann, vor dem man sich fürchten musste.

———

ELIZA RICHTETE SICH AUF. Das Verhalten ihres Mannes hatte sie völlig sprachlos gemacht. Sie wusste, dass es keine erfreuliche Aussicht für ihn gewesen war, nach Stenwick zurückzukehren, doch ihr war nicht bewusst gewesen, welche Qualen es ihm bescheren würde. Etwas in ihr wollte in Tränen ausbrechen und sich in Selbstmitleid suhlen.

Andrew war die ganze Fahrt über ein unerträglicher Reisegefährte gewesen, und nun hatte er sie noch dafür kritisiert, nicht in der Lage zu sein, sich wie eine angemessene Hausherrin zu verhalten. Und dann hatte er ihr ausgesprochen hartherzig den Hintern versohlt. Doch wenn sie ihre eigenen Emotionen einmal außen vorließ, erkannte sie, dass sein Schmerz nichts mit ihren Unzulänglichkeiten als Ehefrau zu tun hatte, sondern mit dem Schrecken, in dieses unglückliche Zuhause zurückkehren zu müssen. Und das Spanking – auch wenn es ihre Gefühle verletzt hatte – hatte dank der dicken Lagen aus Röcken, Unterrock und Unterhose nicht mehr als ein leichtes Kribbeln in ihren Backen ausgelöst.

Nein, wenn sie über ihre eigenen verletzten Gefühle hinwegsah, verstand sie, dass ihr Mann sie jetzt brauchte. Doch was konnte sie tun? Sie konnte seine Erinnerungen nicht ausradieren. Sie blickte sich im herrschaftlichen Salon um. Die Möbel waren abgenutzt, aber teuer. Sie fragte sich, ob Andrews Mutter das Haus dekoriert hatte, oder ob die Einrichtung bereits vorhanden gewesen war, als sie Hausherrin geworden war.

Oft dekorierten neue Damen ein Haus um, sofern sie es sich leisten konnten. Eliza hatte das nicht vorgehabt, denn sie machte sich nicht viel aus protzigen Äußerlichkeiten, und außerdem mussten sie ihr Geld zusammenhalten. Doch eine Renovierung war womöglich genau das, was Andrew brauchte. Etwas, das ihm dabei half, alte Erinnerungen zu vertreiben.

Bei der Vorstellung, die Bediensteten als neue Hausherrin anzusprechen, wurde ihr Mund staubtrocken, doch sie machte die Schultern gerade und marschierte aus dem Salon.

Die Haushälterin, die sich als Mrs. Timball vorgestellt hatte, eilte auf sie zu. „Darf ich Ihnen jetzt Ihr Zimmer zeigen, Mylady?" Eliza bemerkte, wie die ältere Haushälterin, Mrs. Johnson, ebenfalls vortrat.

„Ich würde mich sehr über eine Besichtigung des Hauses freuen", erwiderte sie. „Mit Ihnen beiden. Ich möchte alles über die Geschichte des Anwesens erfahren, und auch darüber, was Sie an Modernisierungsmaßnahmen für unser Eintreffen ausgeführt haben."

Die beiden Frauen knicksten, dann blickten sie sich an, um zu entscheiden, welche von ihnen vorangehen sollte. Scheinbar verstanden sie sich besser als die beiden Butler. Während die beiden Haushälterinnen sie also durchs Haus führten, erklärte Mrs. Johnson, wer in den Porträts zu sehen war oder zu welchem Zweck die frühere Lady Darlington dieses oder jenes Zimmer genutzt hatte, und Mrs. Timball wies sie auf jegliche Renovierungen hin, die sie vorgenommen hatten. Als sie schließlich das komplette Haus besichtigt hatten und am hinteren Salon ankamen, atmete Eliza tief durch.

„Ich möchte, dass alle Dekorationen entfernt werden."

Die beiden Frauen schnappten nach Luft, und Eliza geriet ins Straucheln.

„Ich meine … wir müssen alles ändern! Oder es umstellen! Ich will, dass es anders aussieht."

Noch immer blickten die beiden Haushälterinnen sie verwirrt an.

„Alles hier ist großartig, wunderschön, und ich danke Ihnen vielmals für Ihre harte Arbeit, doch ich will, dass das Haus anders aussieht."

„Anders? Wie?", fragte Mrs. Timball, die noch immer nicht begriff.

„Anders für Lord Darlington", erklärte Mrs. Johnson leise.

Eliza suchte den Blick der Frau und sah Begreifen in ihren Augen. Erleichtert seufzte sie auf. „Ja, genau das meine ich. Können Sie mir dabei helfen? Einfach nur Dinge verändern, umstellen oder entfernen, um dem Haus ein neues Aussehen zu verleihen?"

Mrs. Johnson reckte das Kinn und marschierte in den Speisesaal davon. „Selbstverständlich. Wir können Möbel umstellen und die Bilder von der Wand nehmen. Allerdings brauchen wir dafür die Hilfe der Männer."

„Ich sage ihnen sofort Bescheid", bot Mrs. Timball an und eilte davon.

Mrs. Johnson ging zu einem der Gemälde, nahm es vom Haken und lehnte es gegen die Wand, dann machte sie mit dem nächsten Bild weiter, bis sie alle drei Rahmen abgehängt hatte. „Das Haus mit Kinderlachen zu füllen, wäre das beste Heilmittel für dieses harsche, alte Anwesen", bemerkte die ältere Frau wie beiläufig.

Eliza starrte sie sprachlos an.

„Oh, bitte verzeihen Sie. Es ist nur … Lord Darlington ist hier weggegangen, als er noch ein Junge war, und ich habe nie erfahren, was aus ihm geworden ist", erklärte sie, und ihre Augen wurden feucht. „Ich will dieses Mal einfach alles richtig für ihn machen", sagte sie mit erstickter Stimme.

„Das will ich auch", sagte Eliza. Es berührte sie, wie viel Andrew der älteren Frau offensichtlich bedeutete. Sie sah sich um. „Wir könnten den Tisch in eine andere Richtung drehen", schlug sie vor und wandte sich wieder der eigentlichen Aufgabe zu. „Und das Porzellan in der Vitrine können wir ans gegenüberliegende Ende räumen."

„Ja, Mylady. Ich sage den Männern, dass sie diese Änderungen vornehmen sollen. Haben Sie sonst noch eine Idee für dieses Zimmer?"

Eliza blickte sich um und schüttelte schließlich den Kopf. „Nein. Sollen wir uns nun das Arbeitszimmer ansehen? Es wäre schön, Lord Darlington einen Raum zu geben, der sich ganz wie sein eigener anfühlt."

„Glauben Sie nicht, dass es ihm etwas ausmacht?", fragte Mrs. Timball, die zurückgekehrt war. „Ich will ihn nicht verärgern."

Eliza dachte nach. Es stimmte. Das Arbeitszimmer war wohl kaum ihr Reich, und von daher sollte sie sich nicht an der Dekoration zu schaffen machen. Andererseits könnte es auch der Ort sein, an dem sich Andrews Vater am häufigsten aufgehalten hatte, und in diesem Fall sollte dieses Zimmer zuallererst verändert werden.

„Ich übernehme die volle Verantwortung", erklärte sie. Falls Andrew verärgert sein sollte, würde sie dafür ein Spanking kassieren.

Nachdem Mrs. Johnson die Männer über die Änderungen der Einrichtung im Speisesaal informiert hatte, zogen die drei Frauen also ins Arbeitszimmer weiter. Dort räumten sie sämtliche Besitztümer des ehemaligen Lord Darlingtons vom Schreibtisch, verpackten sie in Kisten und trugen sie zur Aufbewahrung auf den Dachboden. Anschließend entschieden sie sich für eine neue Position des Schreibtisches und des kleinen Sofas, was die Atmosphäre im Raum völlig veränderte.

Nach und nach führte Eliza sie durch alle Räume des Hauses, gab Anweisungen, wie etwas zu verändern war, und als schließlich alles erledigt war, huschte sie nach draußen, um ihren verschollenen Ehemann zu finden.

Sie schritt die äußere Grundstücksgrenze ab, konnte ihn jedoch nirgendwo finden. Sie suchte im alten Stall nach ihm, dann folgte sie dem Rauschen von Wasser einen Pfad hinunter. Nachdem sie einen klapprigen Steg überquert hatte, folgte sie dem Pfad, bis sie ihn schließlich erblickte. Er saß am Ufer des Baches, hatte Schuhe und Strümpfe ausgezogen und die Füße ins Wasser gesteckt.

„Eliza", stieß er mit erstickter Stimme hervor, als sie auf ihn zutrat. Seine Augen verströmten mehr Schmerz, als sie je in ihrem Leben erblickt hatte.

———

OHNE EIN WORT trat Eliza zu ihm, zog ebenfalls Schuhe und Strümpfe aus und setzte sich neben ihn ans Ufer. Sie hielt ihre Füße ins kalte Wasser. Ihr Gesicht verriet keinen Zorn und sie wirkte so gelassen, als ob sie die Jungfrau Maria höchstpersönlich wäre, die gekommen war, um ihn zu trösten.

„Ich bin nicht dazu geeignet, dein Mann zu sein", presste er mit erstickter Stimme hervor.

Sie stieß ein abfälliges Schnauben aus. „Sei doch nicht albern. In London warst du ein ganz wunderbarer Ehemann, nur hier in Stenwick hast du die Erwartungen noch nicht ganz erfüllt."

Die Ungezwungenheit, mit der sie sprach, befreite ihn beinahe aus seiner Panik, dennoch schüttelte er den Kopf. Sie verstand nicht.

„Nein, hör zu. Ich bin nicht gut für dich. Ich bin genau wie mein Vater. Wir sind noch keinen Tag hier und ich habe bereits im Zorn die Hand gegen dich erhoben." Sein Hals war wie zugeschnürt und seine Worte erstickt.

„Und du bist angemessen entsetzt darüber. Es wird nicht wieder vorkommen."

Dieses Mal konnte ihre bodenständige Einschätzung ihn tatsächlich für einen Moment aus seiner miserablen Stimmung reißen. Er drehte den Kopf und sah sie an. „Eliza …"

Sie streckte die Hand aus, legte ihre zarten Finger auf seine Wange und liebkoste mit ihrem Daumen seine Lippen. Er bedeckte ihre Hand mit seiner eigenen und zog sie an seinen Mund, um sie zu küssen.

„Mein ganzes Leben lang habe ich befürchtet, so zu werden wie er. Ich wollte nie heiraten, aus Angst, ich könnte meiner Frau schreckliche Dinge antun."

Die Erinnerungen an die Prügel, die er Eliza früher am Tag verpasst hatte, vermischten sich mit der Übelkeit in seinem Magen und zeigten ihm glasklar, was für ein schrecklicher Fehler die ganze Geschichte gewesen war.

„Das wirst du nicht tun", erwiderte Eliza entschieden.

„Ich habe es bereits getan!", rief er aus.

Ihre Wangen wurden rot. Sie wandte den Blick ab und starrte ins Wasser. „Wenn du von den Spankings sprichst, die du mir verpasst hast – ich finde sie nicht besonders schrecklich."

Unter langen Wimpern blickte sie zu ihm auf. „Und ich glaube auch nicht, dass du sie besonders schrecklich fandest, vom letzten einmal abgesehen. Das war ein Fehler, darin sind wir uns längst einig."

Ihr Tonfall, ihr Ausdruck, die Röte in ihren Wangen waren allesamt Erinnerungen an die Intimitäten, die sie geteilt hatten, und seine Panik ebbte weiter ab. „Was, wenn ich dich jemals verletzen sollte?"

„Andrew, trinkst du zu viel?"

„Nein."

„Und hast du mich je woanders geschlagen, als auf meinen Hintern?"

Allein der Gedanke an ihren Hintern heiterte ihn auf. Er warf ihr ein schwaches Lächeln zu. „Nein."

„Dann glaube ich nicht, dass du mich jemals verletzen wirst."

„Was vorhin passiert ist, tut mir so leid …"

„Ich weiß, dass es dir leidtut", unterbrach sie ihn. „Versprich mir, dass du mir nie wieder im Zorn ein Spanking verpassen wirst."

Er zog ihre Hand an sein Herz. „Ich schwöre es beim Grab meiner Mutter."

„Ich vergebe dir."

„Habe ich dir wehgetan?"

„Oh ja, schrecklich."

Wieder stieg Panik in ihm auf, bis ihm bewusst wurde, dass sie ihn aufzog. „Deinen Vorteil derart auszunutzen, wird nur zur Folge haben, dass du über meinem Knie landest und ich dir ein ordentliches Spanking verpasse", warnte er sie.

Sie schenkte ihm ein unanständiges Lächeln. „Versprochen?"

Er lachte und zog sie auf seinen Schoß. Ihre Füße baumelten nebeneinander im kalten Bach. „Ich liebe dich so sehr, süße Eliza. Es tut mir leid, dass ich ein solcher Oger war."

Sie drehte den Kopf und küsste seine Lippen. Nie zuvor hatte sie von sich aus Intimität initiiert, und dieser Nervenkitzel weckte seine Leidenschaft. „Vielleicht sollte ich dich direkt zurück ins Haus bringen und dir eine weitere Lektion über die ehelichen Pflichten erteilen, die ich von dir erwarte."

„Vielleicht solltest du das", schnurrte sie und hob ihm ihr Dekolleté entgegen. Mit seinen Lippen strich er über ihre bloße Haut und das Gefühl ihrer weichen Brüste erregte ihn.

„Komm, Lady Darlington. Wir müssen unser neues Bett einweihen", erklärte er, half ihr hinauf ans Ufer und zog ihr die Schuhe an.

Auf dem Rückweg zum Haus spürte er, wie sich seine frühere Verzweiflung in der mitfühlenden Gegenwart seiner Frau langsam in Luft auflöste, doch sein Herz war noch immer schwer.

Sie betraten das Haus und Elizas Finger zogen sich um seinen Arm zusammen, als sie ihn zum Speisesaal führte.

Er konnte ihre Anspannung spüren, also sagte er: „Ich werde die Johnsons nicht vor die Tür setzen, Darling. Es tut mir leid. Du hattest recht."

Sie antwortete nicht, sondern führte ihn einfach in den Raum. Als sie durch die Tür traten, blieb er wie angewurzelt stehen und starrte sprachlos ins Zimmer. Der Speisesaal war vollkommen verändert und wies keinerlei Ähnlichkeit mehr mit dem früheren Zustand auf. Mrs. Johnson und Mrs. Timball erschienen in der Tür zur Küche und blickten ihn nervös an.

„Ich habe sie gebeten, einige Möbel umzustellen. Ich

wollte umdekorieren", erklärte seine Frau mit gespieltem Hochmut und reckte das Kinn.

Ihm wurde urplötzlich bewusst, warum sie die Veränderungen angeordnet hatte, und wie schwer es ihr gefallen sein musste, den Bediensteten Anweisungen zu geben. Er blinzelte eilig, um die Emotionen zu verstecken, die ihn in diesem Moment ergriffen.

„Ja", sagte er lediglich. Er achtete darauf, dass seine Stimme auch für die beiden Haushälterinnen zu hören war, die offensichtlich auf seine Zustimmung warteten. „Selbstverständlich wolltest du das", stimmte er zu. „Es sieht herrlich aus. Vielen Dank, Ihnen allen, für Ihre Arbeit." Und während er Eliza aus dem Zimmer führte, murmelte er in ihr Ohr: „Und nun komm. Lass uns zusammen die Schlafzimmer ansehen."

Eliza unterdrückte ihr Kichern und ließ sich von ihm die Treppe hinauf ins eheliche Schlafzimmer führen, wo er die Tür abschloss.

„Nun, weshalb nur sollte ich dir den Hintern versohlen?", sinnierte er, während er sich aus Jacke und Weste wand, „wenn du einfach zu engelsgleich für jegliche Maßregelung bist?"

Eliza lächelte ihn heiter an.

Er streckte die Hand aus und zupfte eine Haarklammer aus ihren Haaren, dann eine zweite, und immer so weiter, bis die dunklen Wellen über ihre Schultern fielen. Dann drehte er sie herum und fing an, ihr Kleid aufzuknöpfen. „Könntest du vielleicht einfach versuchen, dich zu sträuben? Mir einen Grund geben, dich auszuschimpfen?"

Sie lachte, und dieser honigsüße Klang erfüllte das Zimmer mit einer Wärme, die er nie gekannt hatte, und jagte alle alten Erinnerungen an dieses Haus davon.

Schließlich drehte er sie wieder zu sich um. „Zieh deine Sachen aus, Frau", forderte er sie heraus. Er bezweifelte, dass sie seinem Befehl Folge leisten würde, während helles Tageslicht durch die Fenster fiel, und Eliza seiner Aufforderung selbst in der Abenddämmerung kaum nachkommen konnte.

Doch als sie seinen Blick suchte, blitzte ein verführerisches Funkeln in ihren Augen auf. Sie schlüpfte aus ihrem Kleid, dann aus ihrem Korsett, der Unterhose, dem Strapsgürtel und zuletzt den Strümpfen. Nackt stand sie vor ihm. Ihre Wangen waren gerötet und ihre Brust hob und senkte sich unnatürlich schnell, doch sie wich seinem Blick nicht aus und stand erhobenen Hauptes vor ihm.

Er gestattete seinen Augen, in aller Ruhe über ihren Körper zu wandern. Sein Blick folgte den verführerischen Kurven ihres Halses zu ihren Schultern, hinunter zu den steifen Knospen ihrer Brüste, dem flachen Bauch, und schließlich noch tiefer, wo das köstliche Büschel aus dunklen Locken ihre intimste Stelle verriet.

„Setzt dich auf den Stuhl dort und spreize die Beine", wies er sie an.

Ihre Augen wurden groß, doch sie gehorchte, nahm auf der Stuhlkante Platz, öffnete die Knie und spreizte ihre Füße noch weiter, um ihm volle Sicht auf ihre Reize zu ermöglichen.

Hitze erfüllte ihn, ließ seine Haut kribbeln und seinen pochenden Schwanz steinhart werden. In der nächsten Sekunde kniete er vor ihr, senkte den Kopf und begann, diese köstlichen, zarten Falten zu lecken. Erschrocken schrie Eliza auf und presste die Schenkel um seine Ohren zusammen.

Er zog den Kopf zurück. „Öffne deine Knie, oder ich versohle dir den Hintern", drohte er mit einem teuflischen Grinsen.

Sie stieß ein schrilles Geräusch aus, spreizte jedoch die Beine und schloss die Augen, als ob seine Liebkosung ein zu unerhörtes Bild abgeben würde, als dass sie dabei zusehen könnte. Als er mit der Zunge durch ihren Schlitz glitt und ihre empfindliche Nervenknospe fand, schnellte ihm ihre Mitte entgegen und sie stöhnte auf.

„Gefällt dir das, Eliza?"

„Mhmm", wimmerte sie.

Er löste sich von ihr. „Gefällt es dir?", fragte er streng.

„Nein … ja!", rief sie, riss die Augen auf und blickte ihn benommen an.

„Bitte mich um mehr."

„Nein …", stöhnte sie.

„Nein?"

„Ich meine, ja. Bitte, Andrew?"

„Braves Mädchen!", rief er aus. „Ich dachte nicht, dass du das tun würdest. Du bist fest entschlossen, deiner Bestrafung zu entgehen, habe ich recht?"

„Ja, Mylord."

Erneut wandte er sich seiner gründlichen Liebkosung ihres Geschlechts mit seinem Mund zu, lutschte an ihrer Knospe und ließ seine Zunge über ihre empfindliche Haut schnellen.

„Ich werde dir heute eine neue Position beibringen, Geliebte", sagte er, als er sie nahezu in den Wahnsinn getrieben hatte. „Komm vom Stuhl herunter und stell dich auf Händen und Knien hier auf den Teppich."

Sie gehorchte ihm ohne den geringsten Anflug von Protest und sank in die beschriebene Position. Andrew öffnete seine Hose, befreite seinen eifrigen Schwanz und sank hinter ihr auf die Knie.

„Nein, warte …", keuchte sie. „Das ist keine Bestrafung!"

„Ich weiß, Darling. Ich werde nicht dein unartigstes Loch benutzen", versicherte er ihr und strich gleichzeitig mit seiner Daumenkuppe über ihr Hinterloch. Dann rieb er mit seiner Eichel durch ihre feuchte Öffnung und benetzte ihren gesamten Schlitz mit ihren Säften. Eliza war bereit und drängte ihm eifrig entgegen. Ohne jeglichen Widerstand glitt er in sie hinein, und die Hitze ihres engen Schlitzes ließ ihn vor Lust erschaudern.

„Oh, Eliza", summte er. Diese köstliche Empfindung, sich in ihr zu bewegen, ließ seine Lider schwer werden. Er stieß in sie hinein, zog sich wieder hinaus, und trieb sie so immer schneller in einen Zustand liederlichen Wimmerns, bis ihn schließlich sein eigener Höhepunkt überwältigte und er seinen Samen tief in ihr ergoss, während sie sich zuckend um ihn zusammenzog.

Als er wieder zu sich kam, zog er sich behutsam aus ihr heraus, half ihr auf die Füße und legte sich mit ihr im Arm aufs Bett.

„Danke, Geliebte", murmelte er in ihre Haare. „Für alles. Vielen Dank."

Sie schmiegte sich an ihn. „Ich bin so froh, deine Frau zu sein."

Sein Herz zog sich zusammen. „Du bist die fantastischste Frau, die sich ein Mann nur wünschen könnte", murmelte er und küsste ihre Haare.

Eliza presste ihre Lippen auf seine Brust. „Nach und nach wirst du mir helfen, das selbst zu glauben", sagte sie.

„Glaube es. Ich schätze dich über alle Maßen und erwarte, dass du in deiner ganzen Herrlichkeit erstrahlst."

Sie musste kichern. „Oder du versohlst mir den Hintern?"

„Ganz genau, Darling", erwiderte er und streichelte ihren Hintern. „Aber versuche, nicht jedes Spanking zu vermeiden, oder ich sehe mich gezwungen, mir strengere Regeln für dich auszudenken."

„Ich werde in meiner ganzen Herrlichkeit erstrahlen, aber noch genug Regeln brechen, damit du mir so oft den Hintern versohlen kannst, wie du für angemessen hältst", versprach sie und strahlte ihn an.

Andrew rollte sie auf den Rücken, bedeckte ihren Körper

mit seinem, küsste sie innig und zeigte ihr ganz genau, wie groß seine Liebe für sie war.

———

VIELEN DANK fürs Lesen von *Der Darlington-Vorfall* ! Wenn Ihnen das Buch gefallen hat, würde ich mich sehr über eine Rezension und/oder einen Beitrag darüber in den sozialen Medien freuen.

NIEMAND NIMMT SICH, WAS MIR GEHÖRT.

Die hübsche Anwältin hat mit etwas verschwiegen.

Ein Baby, das sie seit dem Valentinstag in sich trägt.

Seit der Nacht, als wir von einem Roulette-Rad zufällig zusammengebracht wurden.

Sie hat mich nie kontaktiert. Wollte mich im Dunkeln darüber lassen.

Jetzt wird sie herausfinden, was passiert, wenn man einen Bratwa-Boss verärgert.

Eine Bestrafung ist angebracht. Arrest bis zur Geburt.

Und ich werde diese Zeit nutzen, ihre Unterwerfung zu gewinnen.

Weil ich nicht nur vorhabe, das Baby zu behalten--

Ich will die Mutter zu meiner Braut machen.

Und es wäre für uns beide so viel besser, wenn sie gewillt wäre.

https://geni.us/directorde

BÜCHER VON RENEE ROSE

Regency-Bücher

Die Westerfield-Affäre

Der Reddington-Skandal

Der Darlington-Vorfall

Chicago Bratwa

Der Direktor

Gefährliches Vorspiel

Der Mittelsmann

Bessessen

Der Vollstrecker

Der Soldat

Der Hacker

Der Buchmacher

Der Reiniger

Der Spieler

Der Torwächter

Master Me

Ihr Königlicher Master

Ja, Herr Doktor

Ihr Marine Master

Ihr Russischer Gebieter

Ihre Zwillingsmaster

Ihr Brandmeister

Ihr Küchenmeister

Ihr Hollywood Master

Ihr Bad Boy Master

Unterwelt von Las Vegas

King of Diamonds: Was in Vegas passiert, bleibt in Vegas, Band 1

Mafia Daddy: Vom Silberlöffel zur Silberschnalle, Band 2

Jack of Spades: Gefangen in der Stadt der Sünden, Band 3

Ace of Hearts: Berühmtheit schützt vor Strafe nicht, Band

4

Joker's Wild: Engel brauchen auch harte Hände (Unterwelt von Las
Vegas 5)

His Queen of Clubs: Russische Rache ist süß (Unterwelt von Las Vegas 6)

Dead Man's Hand: Wenn der Tod mit neuen Karten spielt

Wild Card: Süß, aber verrückt

Mountain Men

Held

Rebell

Krieger

Sündhaftes Chicago

Sündenpfuhl

Verwurzelt in Sünde

Mafia Männer Reihe

Reize mich nicht

Verführe mich nicht

Zwing mich nicht

Wolf Ranch

ungebärdig - Buch 0 (gratis)

ungezähmt

ungestüm

ungezügelt

unzivilisiert

ungebremst

unbändig

unkontrolliert

unerschrocken

unbeugsam

Two Marks

ungebärdig - Buch 1 (gratis)

versucht - Buch 2

Begehrt - Buch 3

verzaubert - Buch 4

Wolf Ridge High

Alpha Bully

Alpha Knight

Step Alpha

Alpha King

Alpha Varsity

Bad Boy Alphas

Alphas Versuchung

Alphas Gefahr

Alphas Preis

Alphas Herausforderung

Alphas Besessenheit

Alphas Verlangen

Alphas Krieg

Alphas Aufgabe

Alphas Fluch

Alphas Geheimnis

Alphas Beute

Alphas Blut

Alphas Sonne

Alphas Mond

Alphas Schwur

Alphas Rache

Alphas Feuer

Alphas Rettung

The Werewolves of Wall Street Serie

Der große böse Boss: Mitternacht

Der große böse Boss: Mondverrückt

Der große böse Boss: Markiert

Der große böse Boss: Miteinander

Der große böse Bully

Bad Boy Bären

Alphas Anspruch

Alphas Gefährtin

Solo-Buch

Sklaven des Sturm

Mitternacht Doms

Seine gefangene Sterbliche

Seine gefangene Sterbliche von Renee Rose & Lee Savino

Alpha Doms

Das Begehren des Alphas

Die Strafe des Alphas

Das Versprechen des Alphas

Der Schutz des Alphas

Die Meister von Zandia

Seine irdische Dienerin

Seine irdische Gefangene

Seine irdische Gefährtin

Seine irdische Rebellin

Seine irdische Frau

Ihr Gefährte und Meister

Zandianisches Haustier

Sein irdischer Besitz

Zandianische Bräute

Eine Nach md den Zandianern

Von den Zandianern gekauft

Von den Zandianer beherrscht

Das Licht der Zandianer

Festgehalten vom Zandianer

Vom Zandianer beansprucht

Vom Zandianer gestohlen

Vom Zandianer gerettet

ÜBER RENEE ROSE

USA TODAY Bestseller-Autorin RENEE ROSE liebt dominante, verbalerotische Alpha-Helden! Sie hat bereits über eine Million Exemplare ihrer erotischen Liebesromane mit unterschiedlichen Abstufungen verruchter sexueller Vorlieben und Erotik verkauft. Ihre Bücher wurden außerdem in *USA Todays Happily Ever After* und *Popsugar* vorgestellt. 2013 wurde sie von *Eroticon USA* zum nächsten *Top Erotic Author* ernannt und freut sich ebenfalls über die Auszeichnungen Spunky and Sassy's *Favorite Sci-Fi and Anthology Autor,* The Romance Reviews *Best Historical Romance* und Spanking Romance Reviews *Best Sci-fi, Paranormal, Historical, Erotic, Ageplay and Couple Author.* Bereits fünfmal gelang ihr eine Platzierung in der USA-Today-Bestsellerliste mit verschiedenen literarischen Werken.

Besuchen Sie ihren Blog unter www.reneeroseromance.com